D1287296

À l'assaut de la citadelle

Le siège de Québec

Maxine Trottier

Texte français de Martine Faubert

Éditions **■SCHOLASTIC**

Bien que les événements évoqués dans ce livre, de même que certains personnages, soient réels et véridiques sur le plan historique, le personnage de William Jenkins est une pure création de l'auteure, et son journal est un ouvrage de fiction.

Catalogage avant publication de Bibliothèque et Archives Canada

Trottier, Maxine
[Storm the fortress. Français]
À l'assaut de la citadelle : le siège de Québec /
Maxine Trottier ; traductrice, Martine Faubert.

(Au Canada)
Traduction de: Storm the fortress.
ISBN 978-1-4431-2939-8 (relié)

1. Québec (Québec)--Histoire--1759 (Siège)--Romans, nouvelles,
etc. pour la jeunesse. I. Faubert, Martine, traducteur II. Titre.
III. Titre: Storm the fortress. Français. IV. Collection: Au Canada
(Toronto, Ont.)

PS8589.R685S7614 2013   jC813'.54   C2013-904055-2

Édition publiée par les Éditions Scholastic,
604, rue King Ouest, Toronto (Ontario) M5V 1E1.

5 4 3 2 1   Imprimé au Canada 114   13 14 15 16 17

Le texte a été composé en caractères Attic.

À Jacob, Luke et Will Anderson

Prologue

Je courais sur le pont avec les autres. Nous jouions à faire semblant d'être des matelots. Nous scrutions l'horizon, la main en visière sur le front, et nous léchions nos doigts pour connaître la direction du vent. À six ans, je me sentais aussi libre que les poissons qui nageaient sous l'*Alderney*, dans les profondeurs de l'océan. En ce printemps 1750, ma famille et moi avions quitté notre village de Brierly-by-the-Sea, en Angleterre, et faisions voile vers la colonie de Halifax, en Nouvelle-Écosse. Une vie nouvelle nous y attendait, et elle serait très différente de celle que nous menions en Angleterre. Papa, qui travaillait comme marin afin de payer une partie de notre voyage, allait posséder sa propre terre. Il serait fermier, au lieu de marin, et maman aurait sa maison à elle. Quant à moi, qui pourrait dire quels grands exploits j'y accomplirais?

Comme ma mère riait de tout ça! Mon père souriait de son bonheur en pensant à notre bonne fortune. Malheureusement, la chance tourne parfois.

Chapitre 1
1750

Les rafales et les énormes vagues secouaient violemment l'*Alderney*. L'eau s'engouffrait par les écoutilles qui fermaient mal et entre les planches mal ajustées du pont. La nuit, les vents déchaînés rugissaient dans le gréement. L'odeur de vomi était insoutenable.

Une fois les réserves de fruits et de légumes frais épuisées, il ne restait plus rien d'autre à manger que du bœuf salé et du biscuit de mer. Cette espèce de pain dur comme de la pierre était truffé de poux de farine. Néanmoins, nous nous forcions à l'avaler. Certains commençaient à souffrir du scorbut. Leurs dents se déchaussaient. Des blessures guéries depuis longtemps se rouvraient et devenaient purulentes. Les décès étaient fréquents, suivis des horribles rites funéraires en mer. J'ai vite su réciter par cœur les paroles du service funèbre prononcées par le capitaine au moment où on jetait à la mer la dépouille de ces pauvres malheureux. Lors d'une inhumation sur la terre ferme, on entend toujours des pleurs et des gémissements. Mais à bord, tout le monde restait les yeux secs. Personne n'avait de larmes à gaspiller pour un mort.

Ma mère est morte tout juste une semaine avant que l'*Alderney* touche terre. Elle aussi a été jetée à la mer. On ne pouvait pas ramener sa dépouille sur la côte. Je n'arrêtais pas de rêver au bruit de son corps enroulé dans une toile, au moment où la mer l'a accueillie. Mon père était profondément affligé par ce deuil. Pourtant, une fois à terre, tout le monde disait que nous avions eu de la chance de faire cette traversée sur un bateau où beaucoup avaient été épargnés par la maladie. J'aurais aimé que ces gens fassent le voyage avec nous pour qu'ils voient la réalité.

À notre arrivée, Halifax nous a surpris. Ses maisons étaient bâties de simples planches de bois. Certaines avaient plusieurs cheminées, car les hivers y étaient très rigoureux. On m'a prévenu que je pouvais perdre mes doigts et mon nez à cause du froid. Après les misères de la traversée, les grands froids de l'hiver ne me faisaient pas peur.

La ville était bruyante, on s'y embourbait partout, et la vie y était plus dure que tout ce que j'avais pu voir auparavant. Après Brierly, si tranquille, j'en étais ravi. Toutefois, tous n'étaient pas de cet avis. Certains ont disparu de la ville à la première occasion, se réfugiant probablement vers les colonies de la Nouvelle-Angleterre où la vie semblait être plus facile.

Je ne sais pas si elle y était plus facile, mais je soupçonne qu'elle était moins dangereuse qu'à Halifax. Le bourg était entouré d'une grosse palissade en rondin. À l'intérieur de l'enceinte, sur le haut de la colline, se dressait le fort George, nommé en l'honneur de notre roi.

Sur l'île Georges, au centre du havre, il y avait aussi des batteries d'artillerie, avec des canons. Mais rien de tout cela ne pouvait protéger les gens des dangers du pays environnant, habité par des Indiens : des tribus micmaques et malécites, alliées des Français. J'ai vite appris ce qui arrivait à ceux qui se faisaient capturer par les Français et les Indiens. Quels horribles cauchemars j'ai pu faire!

Mon père s'est pourtant tout de suite senti chez lui à Halifax et, s'il était découragé, il n'en a rien montré. Avec son sens pratique, et vu l'absence de ma mère, il a aussitôt entrepris de pourvoir à ma subsistance. Il a mis de côté l'idée de cultiver la terre et a repris la mer en se faisant engager sur un des navires marchands de M. Joshua Mauger, le *Merry Lot*. Nous avons pris des chambres pas chères à l'auberge de la veuve Walker et, quand mon père est parti en mer, je suis resté seul avec elle.

À l'auberge de Mme Walker, j'ai pu apprendre

plusieurs choses très utiles. Elle m'a appris à nettoyer les tables et à servir aux clients des tasses de bière d'épinette qu'elle fabriquait, sans en renverser une seule goutte. Mais surtout, elle m'a appris à lire et à écrire.

Puis il y a eu le chien.

Un jour, il est arrivé sans crier gare. Petit, brun avec des taches blanches, il n'avait qu'un tout petit bout de queue. Mme Walker a tenté de le chasser en secouant son tablier devant lui, mais il lui a répondu en grognant. Elle l'a menacé avec le tisonnier et a tenté de lui faire peur en frappant sur des casseroles, mais le chien n'a pas réagi. Parfois, il partait tout seul à l'aventure, et Mme Walker soupirait de soulagement, mais il revenait toujours. Quand un matelot, ne se doutant de rien, ouvrait la porte, il se glissait subrepticement dans l'auberge. On lui donnait des restes de viande en prenant garde de ne pas se faire mordre un doigt. Mme Walker rouspétait toujours, même si elle voyait bien que ce chien était bon pour les affaires.

— Il faut lui trouver un nom, ai-je dit, un jour, en lui flattant la tête.

— J'ai quelques idées de noms qui iraient bien à ce sale cabot, a grommelé Mme Walker. Attention, William! Il pourrait t'arracher un doigt avec ses crocs.

— Mais c'est un bon chasseur de rats, ai-je dit pour le défendre.

— C'est vrai, a concédé Mme Walker.

— Alors, donnez-lui un nom, a dit mon père qui venait de rentrer, le matin même. Ce ne serait que justice pour lui, car il semble vous aimer, comme tout le monde ici. Mais choisissez bien son nom, tout comme un capitaine choisit le nom de son bateau. La maison pourra s'enorgueillir d'avoir un bon ratier. Il mérite donc qu'on lui donne un nom dont il pourra être fier.

Mme Walker secoua la tête en regardant le chien qui se grattait comme un malade.

— Espèce de sac à puces! a-t-elle grommelé.

— D'accord… ai-je dit. Je te baptise Louis XV!

— Mais c'est le nom du roi de *France!* a dit mon père en éclatant de rire.

— On ne peut quand même pas lui donner le nom de notre roi George, ai-je rétorqué.

Le chien s'est donc appelé Louis XV. Il a continué de régner sur l'auberge de Mme Walker, et son royaume s'est étendu à toute la ville de Halifax. On l'apercevait parfois en compagnie d'une bande de matelots qui se rendaient au port pour s'embarquer. Je me demandais à quoi pouvait ressembler une vie si pleine de liberté.

Chapitre 2
6 juin 1754

L'année de mes dix ans, mon père a répondu à cette question. Il m'a annoncé que le capitaine du *Merry Lot* avait besoin d'un mousse pour son prochain voyage. J'ai hurlé de joie.

— Qui est-ce qu'on égorge, ici? a demandé la veuve. Dois-je appeler les soldats pour qu'ils viennent écraser les Français et les Indiens?

Mais elle le disait en souriant, car elle était déjà au courant du projet de mon père.

— Je m'embarque, madame Walker! lui ai-je expliqué. Et Louis XV aussi. Je vais être marin, comme mon père.

La dizaine de fois où j'étais monté à bord du *Merry Lot*, je n'étais guère plus qu'un passager. Mais peu m'importait. Durant la journée, à moins qu'on m'assigne des tâches, les ponts étaient mon royaume. Le soir, j'écoutais mon père et les autres parler dans leur jargon de marins durs à cuire. Ils racontaient des histoires de vaisseaux fantômes, d'aventures et de monstres qui rôdaient dans les profondeurs de l'océan. Souvent, je m'endormais au son des baleines qui communiquaient entre elles dans les profondeurs des eaux noires.

M. Mauger s'était construit une distillerie de rhum. Ses navires transportaient du rhum autant pour les soldats que pour les colons. Celui de papa remontait toujours la côte jusqu'à un endroit appelé l'île Royale. Les Britanniques l'appelaient plutôt l'île du Cap-Breton. Et il s'arrêtait toujours à la forteresse de Louisbourg.

Notre navire a jeté l'ancre en eau profonde. Puis nous nous sommes rendus à terre à bord de petites embarcations chargées de barriques. Les marins ramaient, et les murailles entourant le port se rapprochaient. Il y avait une arche, m'a expliqué papa, appelée la porte Dauphine, en l'honneur du Dauphin, qui est le nom qu'on donne au fils du roi de France. Sur une hauteur s'élevait le bastion du Roi.

Arrivés au quai, papa et les autres ont transporté les barriques de rhum jusqu'à l'auberge de M. La Chance. Le capitaine a discuté affaires avec l'aubergiste pendant que papa et les marins étaient assis à table, se délectant de cuisine et de boissons françaises. La femme de M. La Chance les servait tandis que leur fils Pierre échangeait des grimaces avec moi.

J'avais le dessus, bien entendu. Pierre était un garçon plutôt petit et farouche, un peu plus âgé que moi. Autour du cou, il portait une croix que son père avait sculptée pour lui dans un os de baleine. Il avait une tache de naissance sur la joue droite, en forme de petit poisson. Cela lui avait valu le surnom de « Vairon ». Il parlait un peu anglais, et je parlais un peu français grâce à mon père qui me l'avait enseigné. C'était suffisant pour pouvoir s'entendre.

L'après-midi, nous courions dans les rues en faisant toutes les bêtises possibles et imaginables. Nous agacions les chèvres et caressions les chevaux. Nous quémandions au boulanger des quignons de pain frais, encore chaud, puis nous vagabondions en riant du linge que les gens avaient mis à sécher au soleil. S'il faisait chaud, nous descendions dans une petite anse et nous nous jetions à l'eau. C'est ainsi que j'ai appris à nager. Vairon disait que, avec tous mes gestes désordonnés et toute l'eau que je faisais gicler, j'avais plutôt l'air de me noyer.

Souvent, nous montions jusqu'au bastion du Roi, où résidait le gouverneur de Louisbourg. Nous marchions au pas militaire, comme les soldats. Encore mieux, nous faisions semblant d'être des pirates. Vairon m'appelait capitaine Rosbif, puisque les Anglais, et les pirates anglais encore plus, aimaient tant le rosbif. Avec Louis XV collé à nos talons, j'étais convaincu d'avoir l'air du plus parfait des pirates, et non d'un simple garçon à la chemise couverte de poils de chien.

Quand nous avions trop chaud et étions tout en sueur, nous nous glissions dans la glacière où nous nous rafraîchissions le visage et la bouche avec des morceaux de glace. Ce bâtiment appartenait au roi de France, m'avait dit Vairon. Nous rapportions la glace chez lui, nous nous assoyions dans le potager surélevé de sa mère, au milieu des choux et des carottes, et nous laissions fondre la glace sur nos langues. Nous nous sentions comme des rois.

« À l'amitié et à l'aventure! » avions-nous l'habitude de clamer. C'était devenu notre devise.

Franchement, Louisbourg était bien plus belle que Halifax. Les maisons étaient plus grandes et plus belles, et le bastion du Roi, mille fois plus impressionnant que les forts de Halifax. J'y ai vu des gens de toutes les couleurs, même des hommes à la peau noire. On y entendait parler l'anglais et le français, mais aussi d'autres langues que je n'avais jamais entendues de ma vie. Ça me faisait penser à l'histoire de la tour de Babel, dont il avait été question à l'église.

Mais la paix, c'est comme un estomac plein : ça ne dure pas. Le retour de la guerre était une chose aussi sûre que le lever du soleil. Donc, quand, en 1754, les combats entre l'Angleterre et la France ont une fois de plus recommencé, mes voyages à Louisbourg ont cessé. Le navire de papa a continué de prendre la mer, mais malheureusement, je n'étais plus jamais du voyage.

— Je ne reverrai plus jamais Vairon, ai-je rouspété.

— Fort étrangement, les gens que l'on croise dans la vie reviennent parfois quand on s'y attend le moins, m'a dit papa d'un ton mystérieux. Tu verras bien ce que la vie te réserve.

Mais sachant comment je me sentais, il m'a donné une longue-vue sur laquelle étaient gravées ses initiales : *W. J.* Dès lors, je pouvais observer le *Merry Lot* jusqu'à ce qu'il disparaisse à l'horizon. Encore mieux, je pouvais scruter la surface de l'océan en attendant son retour. Je chérissais cette longue-vue comme un véritable trésor, et elle ne me quittait jamais quand je vagabondais par les rues de la ville.

Quand mon père était là, il me parlait souvent en français. Un homme qui parle plus d'une langue a un avantage sur les autres dans le monde où nous vivons, tenait-il à souligner. Mais en 1755, quand les Acadiens ont été rassemblés et envoyés en exil à bord de bateaux, parler français était devenu dangereux. Après tout, les Acadiens étaient des sujets du roi de France. De temps en temps, chez Mme Walker, des hommes nous regardaient, papa et moi, et se mettaient à parler entre eux de contrebande et même de trahison. À partir de ce moment-là, nous n'avons parlé français que quand nous étions seuls.

— Ne suis jamais les voyous, n'oublie pas tes amis, prends tes décisions toi-même et ne juge pas ton prochain, m'a dit mon père.

J'ai hoché de la tête.

— Et exerce-toi à écrire. Ainsi, tu réussiras dans la vie, a-t-il ajouté.

Je n'étais pas convaincu de ce dernier conseil, mais je m'appliquais tout de même à les suivre tous. J'essayais de me rappeler mon ami Vairon. Mais au cours des années, les souvenirs que je gardais de lui s'étaient peu à peu estompés, jusqu'à s'effacer complètement.

Chapitre 3
16 avril 1759

La soirée à l'auberge de Mme Walker avait commencé comme d'habitude. J'étais maintenant un homme, à l'âge de 14 ans, et j'avais mes propres amis. J'étais assis avec Ti-Poil Sykes, à notre table habituelle, près du foyer. Nous avions chacun devant nous une tasse de l'affreuse bière d'épinette de Mme Walker.

Comme bien d'autres marins britanniques, Ti-Poil avait passé l'hiver à Halifax plutôt qu'à bord de son bateau. C'était sa dernière soirée à terre, car la Marine royale se préparait à prendre la mer pour aller combattre les Français.

Je m'étais fait à l'idée que les Français étaient nos ennemis. En tout cas, leur marine et leur armée l'étaient. Mais dans mon for intérieur, moi, je ne l'étais pas. J'avais de la pitié pour les pauvres Acadiens qu'on avait déportés hors de la Nouvelle-Écosse. C'étaient des fermiers, pas des soldats! Vairon et ses parents étaient-ils parmi ces malheureux?

— Finies les traversées à bord de cette vieille

navette pour aller porter les gazettes à M. Cook! a dit Ti-Poil, l'air de se plaindre. Finie la neige de Halifax! Finis les jours de repos à terre. Mais tant pis! Ça ne pouvait pas durer éternellement, comme toutes bonnes choses d'ailleurs.

Il m'a fait un clin d'œil et a déclaré à la cantonade :

— À Mme Walker et à sa bonne auberge. Et à ces maudits Français, même si ce sont tous des marins d'eau douce et des mauviettes!

Puis, il a chuchoté :

— Mais je ne peux pas trinquer avec cette bière-là. Tu sais ce qu'elle goûte? Le pipi de chat!

Et il a fait une grimace.

Quelqu'un jouait du violon, et Louis XV s'est mis à hurler, l'air de vouloir l'accompagner. J'en aurais fait autant, mais je préférais de beaucoup écouter Ti-Poil. Apparemment, il avait des nouvelles très intéressantes.

— As-tu entendu parler de l'*Apollo*, cette goélette qui est arrivée de Marblehead, ce matin? a-t-il dit.

— Oui, ai-je répondu. En provenance de la colonie du Massachusetts.

— Et des recrues yankees qu'elle a emmenées? a-t-il poursuivi. À l'heure qu'il est, une partie des recrues est embarquée sur le *Squirrel*. Et 17 d'entre eux sont maintenant à bord de mon *Pembroke*.

Ti-Poil parlait toujours comme si le *Pembroke*

lui appartenait. Il était si fier de son navire! Mais c'était un navire de la Marine royale britannique. Il appartenait donc au roi George.

— Eh bien! C'est une bonne nouvelle, non? ai-je dit en baissant la tête pour éviter un trognon de pomme que quelqu'un venait de lancer à mon chien. Tu dis tout le temps qu'il manque de bras à bord des navires.

— Oui et non, a-t-il répondu. Je ne les ai pas encore vus. Ça ira à demain. Mais j'ai entendu dire que les Yankees…

Cette fois, c'est une tasse qui est passée sous mon nez, et elle a touché sa cible. Louis XV s'est aussitôt mis à aboyer et s'est sauvé. Du revers de la main, j'ai essuyé l'écume laissée sur ma joue par la bière.

— Un type qui fait mal à un animal sans défense est un trouillard, ai-je déclaré à la cantonade.

J'ai fait le fier jusqu'à ce que celui qui avait lancé la tasse se lève. Il avait l'air mauvais, et ses yeux étaient injectés de sang. J'ai su alors qu'à partir de ce jour-là, je n'aurais plus toutes mes dents.

L'homme s'est approché de moi en titubant.

— Tu as dit trouillard! m'a-t-il craché au visage.

Son haleine était infecte, et l'odeur de sa chemise et de ses culottes poisseuses aussi.

— Il ne faut pas tenir à sa vie pour traiter Ben Fence de Boston de trouillard! a répondu l'homme.

— Pardon, monsieur Fence, me suis-je excusé.

Le type a lancé un sourire à ses compagnons, l'air content de lui.

— Je voulais plutôt dire « la brute », ai-je ajouté.

Sans que j'aie vu partir le coup, son poing a atterri sur mon nez. Je me suis retrouvé étendu, le visage écrasé sur le plancher, et j'ai vu mon sang se mêler à la poussière. On m'a tiré par les pieds. J'ai serré les poings, prêt à me défendre. Mais ce n'était pas la brute qui me tenait par le chignon du cou.

— Ça suffit, Ben, a dit un type absolument énorme.

À entendre son accent, lui aussi était de Boston et donc, un Yankee. Mais il était très bizarre. Il avait les cheveux roux carotte et la peau blanche comme du lait. Son visage et ses bras étaient couverts de dessins bleus, visiblement permanents. Des tatouages! Je savais que certaines tribus se tatouaient de cette façon. Mais cet homme n'était pas un Indien.

— Mais il m'a insulté, Sam! a grommelé Ben.

— Garde tes forces pour les Français, matelot! a dit Sam.

— Je ne veux plus de bagarres dans mon auberge, espèces de… de Yankees! a crié Mme Walker. Et pas question de maltraiter notre adorable petit chien, le meilleur ratier du monde! Espèce de sans-cœur!

Elle a donné un bon coup de balai à Ben et a

ajouté :

— On n'est pas chez les sauvages, ici. Conduisez-vous comme des gens bien élevés ou sortez de chez moi!

— Alors, on s'en va, matelot? a dit Sam en riant. Cet endroit est trop bien pour nous… les Yankees.

— Et si tu me croises sur ton chemin, tu as intérêt à traverser la rue, espèce de petit saligaud de Halifax, m'a lancé Ben, d'un ton méchant.

Puis il a pris son tricorne entre ses doigts, l'a planté sur sa tête et est sorti à la suite de Sam.

— Notre adorable petit chien? ai-je marmonné.

— Des matelots Yankees! a ronchonné Ti-Poil, en faisant fi de ma question. Où sommes-nous rendus? Une tête brûlée de Boston et un géant bleu! S'il y a une justice en ce bas monde, ces deux-là seront à bord du *Squirrel*, et non du *Pembroke*.

— Tu verras bien demain matin, ai-je dit.

— Et je vais être bien content de rembarquer à bord du *Pembroke*, que ces deux-là y soient ou non. Viens avec moi, William. Tu ferais un bon marin. Réfléchis. Pense à tous les bons moments que nous pourrions passer ensemble si tu t'enrôlais.

J'avais renoncé depuis longtemps à l'idée de devenir marin. Mon avenir était plutôt sur le bon vieux plancher des vaches.

— Je ne suis pas très attiré par la guerre, Ti-Poil,

ai-je répondu.

— La guerre, ce n'est pas compliqué, a-t-il dit. On obéit aux ordres et on tue les Français. On s'empare de leurs places fortes, comme Louisbourg l'an dernier. Et on les expulse, comme après Louisbourg, quand nous les pourchassions le long des côtes de la Gaspésie. Tu vois, ce n'est pas compliqué! C'est la vie à terre qui est compliquée. Et puis, tu n'aimes pas les Français, n'est-ce pas?

Ce soir-là, en retournant à pied à l'imprimerie de M. Bushell où j'avais une petite chambre, j'ai réfléchi. J'y vivais et travaillais depuis que mon père avait été emporté par la petite vérole, l'année précédente. Je songeais à l'idée de devenir marin, Louis XV trottinant devant moi.

Mais qu'avais-je à faire d'un navire qui prend l'eau? Ici, à Halifax, je travaillais comme encreur, je mangeais à ma faim et je dormais au chaud. Ici, je ne risquais pas de mourir d'un coup de feu ni de me noyer ni de me faire scalper. Je risquais bien un ou deux coups de poing de temps en temps, mais c'était normal quand on fréquentait des auberges ou des tavernes malfamées. Non. La vie était bien meilleure à Halifax, où il ne se passait jamais rien. J'y vivais en paix et en sécurité.

C'est ce que je me disais juste avant de m'endormir au son des ronflements bien appuyés de Louis XV, et j'y croyais presque.

M. Bushell m'a réveillé vers minuit. Il criait qu'une maison était en feu. Je me suis vite habillé et je suis aussitôt allé rejoindre nos compagnons de la brigade des pompiers volontaires. Nous sommes sortis de l'imprimerie en courant avec des seaux à la main. La nuit était glaciale. Je me suis rendu compte avec horreur que c'était la maison où habitait Ti-Poil quand il était à terre. Nous nous sommes frayé un chemin parmi les pompiers qui étaient à l'œuvre. Il fallait éteindre l'incendie avant qu'il se propage aux bâtiments voisins.

La fumée sortait par la porte ouverte et montait en léchant les vitres des fenêtres. J'ai travaillé sans penser à rien d'autre qu'à éteindre le feu. Nous travaillions à la chaîne. Je passais les seaux les uns après les autres, le front ruisselant de sueur. Puis j'ai vu la paume d'une main contre une vitre. Je ne peux pas expliquer pourquoi, mais j'ai su immédiatement que c'était Ti-Poil.

Quelqu'un a tenté de me retenir. On me criait : *Tu es fou! Arrête! Tout le monde est sorti!* Mais ces mots n'avaient aucun sens. Je me suis libéré, ignorant les cris et les mises en garde, et même la chaleur du feu quand je suis entré dans la maison en courant. J'avais une seule idée en tête : trouver

Ti-Poil et le sortir de là avant que le toit s'effondre. Je me rappelle lui avoir tendu les bras et avoir commencé à le tirer par les mains... puis plus rien.

J'avais réussi à le sauver, ai-je appris par la suite. Pendant que j'étais sans connaissance, on l'avait transporté à l'hôpital pour les marins, car il avait les mains et le visage brûlés. Au bout de quelques heures, la maison n'était plus qu'un amas de décombres fumants. Quand on a retiré des cendres le corps carbonisé d'un homme, c'était si affreux à voir et à sentir que mon estomac s'est retourné. Mais j'ai ravalé ma salive et je me suis forcé à agir avec courage. M. Bushell et moi sommes retournés à l'atelier. Sa fille, Elizabeth, anxieuse de nous revoir, nous a accueillis. Mais elle savait qu'il valait mieux ne pas nous poser de questions. Notre journée de travail allait commencer bien assez tôt.

Je me suis laissé tomber sur mon lit, sans me soucier de me déshabiller. Je n'ai jamais été très porté sur les dévotions, mais j'ai quand même dit une petite prière pour remercier Mlle Elizabeth. Avec le penchant de son père pour l'alcool, l'imprimerie n'aurait sans doute pas marché sans elle. J'ai dit une autre prière pour l'homme mort dans l'incendie. Puis j'ai demandé au Ciel de ne jamais revoir rien de si horrible que ce corps noirci et tordu par les flammes.

Le lendemain soir, j'ai été rendre visite à Ti-Poil à l'hôpital. Pour un jeune homme d'à peine vingt ans, il était étonnamment chauve. Et, après l'incident de la veille, le peu de cheveux qui lui restait était tout roussi. Pourtant, il était de bonne humeur, même s'il était désolé que son retour à bord du *Pembroke* soit retardé.

— Qui va apporter la gazette de Halifax à M. Cook, lundi? a-t-il demandé. Il ne peut pas se passer de son journal hebdomadaire.

— Je peux m'en charger, lui ai-je assuré. Ainsi j'aurai la chance de voir le *Pembroke*.

Le lundi suivant, dans l'après-midi, je suis descendu à l'embarcadère de la navette portuaire. Un homme soufflait dans une conque pour avertir les passagers qu'il était prêt à traverser à Dartmouth. J'ai dit à l'équipage que je me rendais au *Pembroke* et j'ai payé mon passage. J'ai sauté dans la navette et me suis placé près d'un groupe de gens qui grelottaient et d'une poule qui avait ébouriffé ses plumes pour lutter contre le froid et qui remplissait sa cage comme si on y avait mis un oreiller déchiré. L'un des passagers a lâché un gros pet bien sonore. Tout le monde a ri, sauf la poule et sa maîtresse, comme si c'était la chose la plus drôle qu'ils aient entendue de toute la journée. Ce l'était peut-être.

Les matelots ont largué les amarres. Ils ont hissé la voile, et la navette a commencé sa traversée du port. Des embruns glacés jaillissaient à la proue et retombaient sur nos visages. Finalement, les matelots ont manœuvré la navette de façon à aborder le navire.

J'ai crié dans l'espoir qu'on m'entende :

— Holà, du bateau!

On m'a entendu, car une tête à tignasse grise et frisée, surmontée d'un bonnet de marin, a surgi. Une échelle de corde s'est déroulée le long de la coque du *Pembroke*. Je l'ai attrapée et j'ai gravi avec précaution ses échelons en bois.

La tête recouverte de laine s'est avérée être celle d'un vieux marin.

— Tom Pike, s'est-il présenté. Pauvre Ti-Poil. Il a eu de la chance que tu ailles le chercher, hein? Sinon, il aurait fini rôti comme un cochon de lait.

Tom Pike s'est proposé pour m'indiquer comment trouver M. Cook. Il m'a fait traverser le pont, puis il a ouvert une porte.

— Pour nous rendre jusqu'à la cabine du capitaine, il faut traverser les entrailles du navire. C'est là que M. Cook travaille. Attention aux rats. Avec l'hiver froid qu'on a eu, on ne les compte plus!

Ce mot « entrailles » était tout à fait approprié à la réalité. Tandis que nous descendions l'escalier, les mauvaises odeurs nous assaillaient les unes après les autres : d'abord un mélange de corps de marins sales et d'eau croupie au fond de la cale, puis des relents de centaines de repas à base de bœuf salé bouilli, bien imprégnés dans le bois du navire. Devais-je respirer par la bouche ou par le nez? J'envisageais de ne pas respirer du tout, quand nous avons enfin laissé cette puanteur derrière nous. Tom Pike a frappé à une porte fermée. On nous a dit d'entrer.

La cabine était spacieuse et confortable. M. Cook était penché sur une carte marine, les mains à plat sur la table, et il en étudiait le tracé. Il a levé les yeux. Je crains d'avoir bafouillé. J'ai raconté mon histoire, avec Ti-Poil, l'incendie et mon travail à l'imprimerie.

M. Cook était content d'avoir sa gazette.

— Dommage pour Sykes, a-t-il dit. C'est un bon gars et un bon matelot. Avec un peu de chance, il guérira vite. Et toi, qui es-tu?

— Jenkins, Sir! ai-je répondu. William Jenkins. Ti-Poil est très attaché au *Pembroke*, vous savez. Je sais qu'il a hâte de remonter à bord. Il dit tout le temps que je devrais m'enrôler.

— Et tu devrais le faire, un jeune homme en santé comme toi, a-t-il dit. Tu seras la fierté de ta famille.

— Je n'ai pas de famille, Sir, ai-je rétorqué.

— Dans ce cas, pense à ta patrie et à ton roi, a-t-il dit. Si tu as envie de servir le bon roi George, alors enrôle-toi dans la marine. Nous manquons d'hommes dans cette guerre contre les Français, et ce sera encore pire dans quelques semaines. As-tu déjà navigué?

— Un peu, Sir, comme passager à bord de l'*Alderney*, quand nous sommes venus de Plymouth, ai-je répondu. Et plusieurs fois avec mon père, quand il était dans la marine marchande.

J'ai hésité, puis j'ai ajouté :

— Nous allions souvent à Louisbourg, pour livrer le rhum de M. Mauger.

— Ah oui! a-t-il dit. Louisbourg est une ville magnifique. Et elle est à nous, maintenant, bien entendu. Si ton père était marin, alors tu as ce métier dans le sang. Sais-tu lire et écrire?

— Oui, Sir, ai-je répondu. Je sais aussi calculer. Et je parle un peu français.

— Excellent! a-t-il dit. Le français sera très utile, je crois, quand nous aurons gagné cette guerre. Nous recherchons des hommes loyaux et prêts à se battre. Mais un peu d'instruction et un soupçon d'ambition peuvent ouvrir bien des portes, dans la marine.

— Je n'y avais jamais pensé de cette façon, Sir,

ai-je dit.

Il m'a regardé et a esquissé un sourire.

— C'est l'occasion ou jamais pour toi de t'enrôler, a-t-il renchéri. Et c'est aussi clair que... disons, que l'encre que tu as sur les doigts.

Ti-Poil me pressait de m'enrôler depuis que le *Pembroke* était arrivé, l'automne dernier. Des soldats dans les tavernes m'y avaient encouragé aussi. Mais je crois que ce sont les mots de M. Cook qui ont finalement fait pencher la balance.

Chapitre 4
27 avril 1759

Je me suis donc retrouvé à l'embarcadère de la navette du port, avec un baluchon de marin jeté sur l'épaule. Il contenait quelques vêtements qui m'appartenaient et la longue-vue de papa. Ti-Poil, marqué de cicatrices, mais en forme, était là. Et aussi deux de ses camarades matelots qui s'étaient, comme lui, retrouvés à l'hôpital.

— Tu es sûr, William? m'a demandé Mme Walker, d'un ton incertain.

L'aubergiste, M. Bushell et sa fille Elizabeth m'avaient accompagné pour me dire adieu. Quant à Louis XV, il était enfermé dans le bureau de l'imprimerie, car il n'aurait pas fallu qu'il décide de sauter à bord de la navette.

— J'ai promis à ton père de prendre soin de toi, a-t-elle continué. Je ne suis pas sûre de bien faire, en te donnant ma bénédiction pour partir.

— Trêve de balivernes, Mme Walker, a dit M. Bushell. La quête de l'aventure est le propre de la jeunesse.

— Il ne sera pas en manque à bord du *Pembroke*, a

murmuré Ti-Poil à ses camarades matelots. Récurer les ponts et tirer sur les cordages seront au cœur de l'aventure!

Ils ont tous ricané. Du moins, jusqu'à ce que Mme Walker leur lance un regard assassin.

— Voici pour toi, William, a dit M. Bushell en me tendant un petit livre à la couverture entoilée. C'est un journal. Tâche d'écrire dedans tous les jours, si possible. Quand tu seras de retour, je publierai peut-être des extraits de tes aventures dans la gazette de Halifax. Mes lecteurs seront très contents d'avoir un compte rendu réaliste de cette guerre.

— Merci, monsieur! ai-je dit.

Puis je lui ai serré la main et j'ai crié :

— Adieu, mes amis! Et transmettez mes salutations à Louis XV!

— William, il n'y a que toi pour envoyer des salutations à un chien, a répliqué Mlle Elizabeth en riant.

Ensuite, je les ai regardés rapetisser au fur et à mesure que la navette s'éloignait de la rive. Agis en bon marin, me suis-je dit en les saluant une dernière fois de la main, en y mettant tout mon cœur. Puis j'ai tourné le dos à Halifax et j'ai fixé du regard le *Pembroke* où mon avenir m'attendait.

Une fois à bord, Ti-Poil m'a emmené voir l'écrivain du bord, M. Wise. Parmi ses tâches, il devait m'inscrire au rôle d'équipage. Tandis qu'il écrivait, j'ai examiné son registre bien tenu. On pouvait y lire l'endroit et le jour où chaque homme était embarqué, à combien s'élevait sa solde et, le cas échéant, la date de sa mort. *Non-marin*, a-t-il écrit à côté de mon nom, puisque je n'avais pas vraiment d'expérience de la navigation, malgré mes dizaines de voyages à bord du *Merry Lot*. Ma solde serait de 18 shillings par mois, plus ma nourriture. J'ai été affecté à la même tablée et au même quart de travail que Ti-Poil. Autrement dit, nous serions ensemble pour les repas et le travail.

— Tu serviras sur ce navire jusqu'à la fin de la campagne cet automne, si Dieu le veut, a dit M. Wise. Puis tu seras libre de revenir ici, à Halifax, ou d'aller dans les colonies avec les autres recrues qui viennent de là. Et à l'avenir, tu seras exempté d'enrôlement forcé.

C'était un point important. Trop souvent, les hommes étaient enrôlés de force. Des recruteurs demandaient à un pauvre type s'il voulait s'enrôler et, s'il disait non, ils l'entraînaient quand même de force jusqu'à leur navire.

Ti-Poil m'a emmené en bas, sur le pont d'artillerie où se trouvaient les canons et où nous allions dormir et manger. Il m'a montré où mettre mon baluchon et mes souliers, car je n'avais pas besoin d'être chaussé, à bord. Puis nous sommes vite remontés sur le pont. Si je travaillais fort et que j'apprenais ce qu'il fallait, m'a expliqué Ti-Poil, je pourrais monter au grade suivant, c'est-à-dire celui de matelot de 3e classe, pour un shilling de plus par mois. Si je persévérais et que j'étais toujours vivant, je pourrais même atteindre le rang de matelot de 2e classe. Mais il me faudrait des années de service, a précisé Ti-Poil.

— Bienvenue à bord du *Pembroke*, William Jenkins, a dit Tom. Et bon retour chez toi, Ti-Poil. À ce que je vois, il te reste encore deux ou trois cheveux sur ta tête d'œuf!

— Aidez Tom Pike et les autres, nous a ordonné un officier, au passage. Et que ça saute! Il y a des barriques à embarquer.

Tout le reste de la journée, je me suis senti comme si j'avais été dans un pays étranger où les gens parlaient une langue que je n'avais jamais entendue! Mais peu à peu, je me suis rappelé ce vocabulaire marin. La proue et la poupe, bâbord et tribord, goélette au lieu de bateau, mettre en panne au lieu d'arrêter d'avancer et amarrer au lieu d'attacher avec une corde. Les matelots les plus expérimentés s'appelaient des gabiers. J'en avais la tête qui tournait, dois-je avouer. La marine avait sa propre langue. Sans Ti-Poil et Tom, j'aurais été complètement perdu. Tom s'est engagé à être mon parrain de mer et à tout m'enseigner à propos des cordages. C'était très important à son avis.

Je ne sais plus combien de noms de cordage j'ai pu apprendre ce jour-là. Il y en avait à n'en plus finir, à bord du *Pembroke*. Chacun avait un usage particulier et, bien sûr, un nom bizarre, comme haussière, garcette, écoute ou drisse. Les uns étaient fins et les autres, très gros. Tous étaient faits de chanvre rugueux et, même s'il vous arrachait la peau des mains, il fallait continuer de tirer. Il fallait ainsi hisser à bord toutes les barriques qu'on nous avait apportées. Puis il fallait les descendre dans l'entrepont et les ranger à l'écart.

Nous travaillions tous en même temps. Il y avait donc des centaines d'hommes et de jeunes garçons affairés. Aux yeux des goélands qui nous regardaient du haut des airs, nous devions ressembler à une bande de lapins qui s'activent autour de leur terrier. De temps en temps, je butais contre un matelot. Le plus souvent, ils éclataient d'un rire compréhensif, mais d'autres rouspétaient en me traitant de marin d'eau douce.

— Ça ira mieux quand nous serons en mer, a dit Ti-Poil.

— Parce que je ne serai plus un marin d'eau douce? ai-je demandé.

— Non, tu en seras encore un, a répondu Ti-Poil.

Mais, à moins qu'on ait besoin de tout le monde en même temps, ce sera moins encombré sur le pont. Nous allons faire partie des bâbordais, tu sais.

J'ai voulu lui demander ce qu'était un bâbordais, mais un officier m'a interrompu et nous a ordonné de descendre du pain dans l'entrepont. Deux cents miches venaient d'être embarquées.

— Oui, Sir! a crié Ti-Poil.

Avec un gros sac dans chacune de mes mains, j'ai suivi Ti-Poil qui se frayait un chemin sur le pont. Au moins, je n'avais plus à tirer sur des cordages. Le *Pembroke* était beaucoup plus gros que le *Merry Lot* et, par conséquent, avait plus de ponts. Il y avait le pont principal, qui servait de pont d'artillerie supérieur. Dessous, il y avait le pont d'artillerie inférieur, puis le faux-pont et, enfin, la cale. Nous sommes donc descendus dans le bateau, puis nous nous sommes dirigés vers la poupe où se trouvait la soute aux pains, dont les murs étaient doublés de tôle.

— Pour empêcher les rats d'entrer, ceux à deux pattes et les autres à quatre pattes, m'a dit Ti-Poil en me faisant un clin d'œil. Les marins adorent le pain et le biscuit de mer. Le rhum est aussi gardé sous clé. Les marins l'aiment encore plus.

Nous n'avons pas cessé de monter et descendre, jusqu'à m'en faire souhaiter de retourner tirer sur un cordage. Je n'aurais pas dû faire ce souhait. Avant même que j'aie le temps de reprendre mon souffle une fois tout le pain mis sous clé, je me suis retrouvé à tirer sur des cordages. Il fallait bien qu'on hisse de l'eau à bord, et sans perdre une seconde. La sueur de mon front me brouillait la vue, et je ne pouvais pas lâcher le cordage pour m'essuyer le visage. Je me suis donc débrouillé pour le faire avec mon épaule. Finalement, le tonneau était sur le pont, et nous avons pu nous reposer un moment.

— Prenez mon coffre! a crié un jeune officier à deux matelots. Prenez mon coffre et emmenez-le dans l'entrepont, vous dis-je!

— On a descendu votre coffre, puis on l'a remonté, a grommelé un des matelots qui le portait.

— Faudrait savoir ce qu'il veut, a grommelé l'autre, le regard mauvais.

Un silence de mort s'est abattu sur le pont. Tout ce qu'on entendait, c'était les craquements du bateau qui tirait sur son ancre.

— Soldats! a crié l'officier. Mettez ces hommes aux fers!

— Oui, Sir, a répondu un soldat en habit rouge.

Les deux matelots ont été emmenés à la pointe du mousquet par un groupe de soldats de la marine. J'étais déjà au courant que ces soldats étaient en poste sur chacun des navires de la Marine royale et qu'ils avaient pour rôle de maintenir la paix et d'éviter les mutineries à bord. Nous avons regardé les matelots descendre dans l'entrepont en titubant, puis tout le monde a soupiré de soulagement et s'est remis au travail. Finalement, quelqu'un a donné un signal avec un sifflet.

— Le souper! s'est réjoui Ti-Poil en se frottant les mains.

Cette fois, j'allais manger du pain, au lieu d'en transporter. J'avais l'impression d'entendre des centaines d'estomacs qui gargouillaient, mais ce n'était peut-être que le mien. Il faisait du bruit comme dix!

— Voici notre table, m'a dit Ti-Poil, une fois en bas. Elle est là, suspendue entre Savage Billy et Deadly Raker. Billy est notre…

J'allais lui demander pourquoi les canons avaient ainsi été baptisés, mais je suis resté sans voix, les yeux rivés sur notre table. Ou plutôt, sur ceux qui y étaient déjà assis : Sam Le Tatoué et Ben Le Bostonien!

— C'est bien ma chance! a dit Ben. Et c'est ta faute, Sam! J'avais dit que je voulais m'enrôler à bord du *Squirrel*, mais non. Il fallait que je tombe sur *ce* rafiot. Et voilà qu'en plus je suis coincé avec ce vermisseau…

— Un rafiot? a dit un vieux qui transportait un

énorme chaudron.

Il l'a lourdement déposé sur la table, puis s'est assis.

— Ai-je bien entendu, M. Pike? a-t-il poursuivi. On a traité notre cher *Pembroke* de rafiot?

Il était difficile à comprendre, car il n'avait plus une seule dent.

— Tu as bien entendu, Gueule-Rose, a répliqué Tom. Mais par qui dois-je commencer? a-t-il poursuivi en plongeant la cuillère à pot dans le chaudron.

Je devais apprendre par la suite que Tom Pike jouissait d'une grande influence. C'était le cousin préféré de M. Wise. Celui-ci, en sa qualité d'écrivain du bord, avait le contrôle sur tous les approvisionnements. Il ne fallait donc pas déplaire à ce cousin, sinon on risquait de ne pas recevoir sa juste part de nourriture. Je crois que c'est la seule raison qui m'a valu de ne pas être battu et réduit en bouillie par Ben, cette fois-là. Il devait tenir à manger sa juste part bien plus qu'à me tabasser.

— Je me suis fait mal comprendre : je suis ravi d'être ici, a dit Ben, d'un ton peu convaincu.

Mais Tom était satisfait. Il a alors commencé à nous servir et, tous les sept, nous avons reçu une gamelle remplie de soupe de poisson salé, un bout de fromage, un morceau de pain et une tasse de bière.

Je me suis assis à table, sur un des bancs suspendus au plafond par des cordages

— À ton avis, le capitaine Simcoe va-t-il nous entraîner à tirer avec les canons ce soir, Tom? a demandé un jeune garçon.

— Je pense que oui, Davy, a répondu Tom.

Une fois sa gamelle vide, il a glissé une pipe entre ses lèvres, mais ne l'a pas allumée.

— Interdiction de fumer dans l'entrepont, m'a-t-il expliqué. Pas de pipe ni aucune flamme à nu. Ne l'oublie jamais, William Jenkins.

— Promis, ai-je dit. Même si je ne fume pas.

— Un matelot qui ne fume pas? a dit Gueule-Rose en riant, ce qui laissait voir sa bouche dégarnie. Ma foi, on va arranger ça, ou je ne m'appelle pas Gueule-Rose.

Gueule-Rose, Sam Le Tatoué… Sans doute pas plus bizarres que Capitaine Rosbif, le surnom que Vairon m'avait donné.

— Lequel est notre canon? a demandé Sam Le Tatoué

— Savage Billy, a répondu Davy, rempli de fierté. Je suis responsable de la poudre.

— Et c'est un expert! a dit Gueule-Rose.

Maintenant que j'avais le ventre bien rempli, j'ai ressenti une petite fatigue et me suis mis à rêver à mon lit, qui était je ne savais où. Mais là, on s'est mis à battre du tambour et un officier a crié :

— Débarrassez-moi tout ça!

Tasses, cuillères et gamelles ont été ramassées. Les tables et les bancs ont été rangés.

— Vas-y, William! m'a ordonné Ti-Poil. Rien ne doit être dans le chemin quand on tire du canon.

Un officier, le lieutenant Robson, a hurlé des ordres. Tom m'a confié la tâche de faire rouler le canon fixé sur son affût. Puis on a inséré une cartouche de poudre, ainsi qu'une bourre faite de vieux bouts de cordages et de toiles. Pas de boulet, puisque nous ne voulions rien démolir autour de nous. On a poussé le tout avec le refouloir, fait rouler le canon jusqu'à sa place (et ce n'était pas facile, car il était extrêmement lourd), puis allumé la mèche. Je devais prendre garde à mes pieds, sinon je risquais de perdre mes dix orteils. Quand, au cours d'un vrai combat, une pleine charge partait, la force de la détonation faisait brusquement reculer le canon. Voilà pourquoi nous devions dégager l'endroit.

Nous avons encore mis en batterie, puis tiré deux coups, et le canon a rugi en crachant du feu. Des flammes et une fumée blanche et nauséabonde en sont sorties. À chaque coup, le pont tremblait et moi aussi, jusqu'à la moelle des os. Mes yeux brûlaient et mes oreilles tintaient, mais peu m'importait. Je m'imaginais une vraie bataille avec tous les gros canons qui, à chaque détonation, faisaient vibrer toutes les fibres de mon corps. Les officiers hurlaient des ordres, et les canonniers passaient l'écouvillon dans les fûts des canons afin d'éteindre la moindre étincelle restante et les rechargeaient de poudre. Puis ils approchaient lentement une mèche incandescente. Il y avait un éclair, une formidable détonation, et le canon reculait. Je sentais tout mon sang frémir, et mes oreilles se bouchaient.

— Pas mal, a dit le lieutenant Robson. Mais pas parfait. Pas assez rapide. Il va falloir accélérer la cadence, matelots, si vous voulez faire tomber Québec.

Ensuite, il y a eu environ une heure de temps libre, et j'en ai profité pour écrire dans le journal que M. Bushell m'avait offert. Je n'avais ni encre ni plume, mais j'avais un vieux porte-mine en laiton. C'était bien mieux, car l'encre se serait renversée. J'ai ouvert le carnet et j'ai écrit la date au haut de la première page : *Le 27 avril 1759*. Mais quoi écrire ensuite?

— Tu comptes en faire un gros livre? m'a lancé Ti-Poil d'un ton taquin.

— Ce sera le récit palpitant de toutes mes aventures, ai-je rétorqué. Mais je ne sais pas trop par quoi commencer.

— Commence toujours par le *Pembroke*, a dit

Ti-Poil en bâillant à s'en décrocher les mâchoires. Je pourrais même t'aider, puisque je connais tous les recoins de ce navire.

J'ai écrit ce qu'il m'en a dit. Du moins, tout ce que j'ai eu le temps d'écrire.

Le HMS Pembroke est un navire tout neuf. Il a été mis à l'eau à Plymouth en 1757. Il pèse 1 222 tonnes et fait 156 pieds de long et 42 pieds de large au barrot. Il est armé fort diversement. Les marins de la Marine royale ont leurs armes de poings, mousquets et le reste. Le navire porte canons, piques et haches, utilisés au besoin. Les plus gros canons sont de calibre 24 parce qu'ils tirent des boulets de 24 livres et sont au nombre de 26. Savage Billy est le meilleur d'entre eux. Il y a aussi 26 canons de calibre 12 et 10 canons de calibre 6. Le Pembroke peut loger 420 matelots et officiers, ainsi que 67 marins de la Marine royale.

J'ai demandé à Ti-Poil si l'équipage était complet. Il a répondu qu'il nous manquait quelques marins, mais que les Français n'en trembleraient pas moins dans leurs frocs.

J'ai éclaté de rire si fort que je ne pouvais plus écrire. J'ai donc abandonné pour cette fois. J'avais quand même l'impression que c'était un bon début. Nous nous sommes préparés pour le repos.

Autrement dit, nous avons accroché nos hamacs. Chacun de nous disposait ainsi de 14 pouces de largeur pour dormir. Il m'a fallu plusieurs essais, et plusieurs chutes par terre avant d'arriver à tenir dans mon hamac. Mes camarades de tablée étaient morts de rire, bien entendu. Une fois installé, je suis resté immobile comme une statue de peur de retomber. J'ai regardé le pont au-dessus de ma tête et j'ai écouté les ronflements. Les matelots se sont endormis instantanément, malgré les rots, les pets et les ronflements des uns et des autres. Ça ne s'arrêtait jamais! J'ai fermé les yeux en me demandant comment j'allais arriver à dormir avec tous ces bruits et ces mauvaises odeurs. Et je me suis endormi.

Chapitre 5
Fin avril 1759

Le lendemain, le temps était doux et le ciel, dégagé. Nous étions tout aussi occupés que la veille : lavage des ponts, petit déjeuner et encore des approvisionnements à embarquer. Comme il faisait beau, on a donné l'ordre de déployer les voiles afin de les faire sécher. Il n'aurait pas fallu que la toile moisisse!

— C'est le moment ou jamais de grimper là-haut, Jenkins, a dit Tom. Montre-lui comment s'y prendre, Ti-Poil.

Et nous voilà partis! J'ai grimpé dans la mâture du *Pembroke* en m'accrochant à l'échelle de corde. Je devais mettre mon pied ici, m'a expliqué Ti-Poil, et m'accrocher là, et pas autrement. Je ne devais pas regarder en bas. Je ne devais pas tomber, sinon ce serait la honte pour lui comme pour moi. Comment aurais-je pu ressentir de la honte, si je me retrouvais sur le pont, aplati comme une crêpe? J'ai quand même obéi à Ti-Poil et j'ai fait de mon mieux pour ne pas montrer que j'étais mort de peur. Et nous avons grimpé, toujours plus haut. Ti-Poil m'avait dit de ne pas regarder en bas, mais seulement droit devant. J'ai quand même jeté un coup d'œil en bas, et quelle erreur! À voir les hommes pas plus gros que des souris, j'ai senti mon estomac se nouer, et j'avais les mains moites si bien que j'ai failli lâcher prise. Puis mon pied a glissé, et je me suis mis à me balancer dangereusement. J'étais sûr que j'allais tomber.

— Tiens bon, William! m'a crié Ti-Poil. Pose tes pieds sur les enfléchures. Voilà! Ça y est.

Sa voix m'a calmé, et j'ai réussi à retrouver mon équilibre. J'étais de nouveau debout, très haut au-dessus du pont, et je sentais le vent dans mes cheveux. Un goéland est passé tout près. Je l'avais rejoint dans son monde.

Quand nous avons atteint la vergue, qui est une longue traverse en bois à laquelle était accrochée la grand-voile, on m'a dit de m'arrêter et de regarder. Je l'ai fait bien volontiers. Ti-Poil et les autres, agiles comme des singes, sont allés se placer en ligne sur le marchepied de la vergue. Ils ont détaché les liens, et la voile s'est déployée jusqu'en bas. Facile, me suis-je dit. Rien de compliqué là-dedans. J'ai observé les gabiers aller de voile en voile, le pied sûr sur le marchepied et à l'aise dans leurs mouvements. En bas, un peu plus loin, il y avait Halifax. Je distinguais les gens, minuscules, qui allaient par les rues, et je me suis demandé si on pouvait me voir.

— Saisis toutes les occasions de grimper dans la mâture, m'a recommandé Ti-Poil quand nous avons été de retour sur le pont. Le navire est stable et immobile, ici à l'ancre. Mais ce sera très différent, quand nous serons en mer.

Le lendemain matin, quand on nous a appelés pour le rassemblement sur le pont, tous ceux qui portaient un bonnet ou un chapeau l'ont retiré. Puis j'ai aperçu les deux hommes qui avaient été mis aux fers, la veille. Le capitaine Simcoe a lu leur condamnation pour désobéissance. Puis il a lu la clause des *Articles of War* (règlement du code de la marine) que ces hommes avaient enfreinte. Comme ils avaient désobéi à un officier, on pouvait les condamner à mort, ce qui me semblait incroyable! Ils avaient simplement refusé de transporter le coffre d'un officier de la Marine royale!

— Je sais ce que tu penses, a chuchoté Ti-Poil. Les ordres sont les ordres, et si on y désobéit, on est puni. Mais ces deux gars n'auront pas la corde au cou aujourd'hui.

On a demandé aux deux matelots s'ils avaient quelque chose à ajouter. Ils n'ont rien dit. Le capitaine les a condamnés à douze coups de fouet chacun. On leur a retiré leur chemise et on les a attachés, chacun à un fût de canon. Puis le capitaine Simcoe a dit :

— Maître, à vous!

Celui-ci a retiré le chat à neuf queues du sac de toile rouge où il était rangé et l'a secoué pour que se déroulent ses neuf lanières de cuir garnies de métal au bout. C'était de cet objet, je le savais, que les marins parlaient quand ils disaient : « Le chat est sorti du sac. » Le maître Thompson a passé ses doigts entre les lanières pour les démêler, puis il a commencé à fouetter le premier condamné.

À première vue, 12 coups de fouet ne semblent peut-être pas grand-chose, jusqu'à ce qu'on voie le mal que fait un seul coup. Le premier matelot a réussi à supporter les 12 coups en silence. Mais le second a crié tout du long, et c'était horrible à entendre. Ensuite, tous les deux avaient le dos couvert d'affreuses stries rouges et sanglantes. Mon visage a trahi l'état de mon estomac.

— Le chirurgien va s'occuper d'eux, m'a assuré Ti-Poil tandis que les camarades des deux matelots les emmenaient dans l'entrepont.

Après la séance de fouet, Tom est parti voir un de ses amis qui était malade depuis un moment, et je l'ai accompagné. Nous sommes descendus au pont inférieur, puis nous nous sommes frayé un chemin dans les entrailles du navire. Il faisait très sombre, car aucune écoutille ne laisse entrer la lumière quand on est sous la ligne de flottaison. Tom avait apporté une lanterne pour nous éclairer.

Je n'enviais pas l'écrivain du bord ni M. Jackson, le chirurgien, qui travaillaient dans la cale. Les cordages de l'ancre y sont entreposés, en énormes piles, et ça empeste. C'est là que le chirurgien soigne les malades et les blessés. Il était justement au travail quand nous sommes arrivés. Il enduisait d'une pommade le dos d'un des matelots qui avaient reçu le fouet. Tous deux étaient bien éveillés, contrairement aux six autres malades, qui étaient couchés dans des hamacs, les yeux fermés. Dormaient-ils? Je n'aurais su le dire. Tom s'est penché sur son ami et lui a parlé à voix basse. Celui-ci n'a pas ouvert les yeux, mais il a esquissé un sourire.

Si je me faisais fouetter (et j'espérais que ça ne m'arriverait jamais), je ne serais pas de très bonne humeur. Pourtant, les deux matelots riaient et faisaient des blagues, comme si c'était jour de congé. Par la suite, Tom m'a expliqué qu'il ne servait à rien de garder rancune. On fait son devoir, on prend les choses comme elles viennent, bonnes ou mauvaises, et on agit avec la conscience tranquille.

Quelqu'un devrait en parler à Ben Le Bostonien. Mais ce ne sera pas moi.

Le lendemain matin, un dimanche, nous avons tous enfilé des vêtements propres. Ceux qui portaient des tresses se recoiffaient les uns les autres. Puis nous nous sommes rassemblés sur le pont, comme d'habitude. Le *Pembroke* n'avait pas de pasteur à son bord, alors c'est le capitaine Simcoe qui a pris la parole. Mais, à la place de l'office religieux, il a relu le code de justice militaire. J'ai tout de suite compris que, un de ces jours, j'allais sûrement faire une erreur et enfreindre l'un de ces règlements. Ce n'était qu'une question de temps. Cette idée ne me plaisait guère!

On nous a aussi annoncé une mauvaise nouvelle : l'ami de Tom, à qui nous avions rendu visite la veille, était mort durant la nuit.

— Joseph Jones allait mal depuis un moment, a dit Gueule-Rose tandis que nous regardions un de nos canots emporter sa dépouille à terre, pour la faire inhumer. Il va reposer dans une bonne petite tombe à Halifax. Dommage qu'il n'ait pas pu emmener avec lui quelques Français.

— Ça ne va pas! a dit Tom. Un marin devrait être inhumé en mer. Qu'on m'enveloppe dans mon hamac, qu'on le couse en prenant soin de faire un point à travers mon nez et qu'on m'attache le pied à un boulet de canon. Voilà comment je veux être inhumé!

— Et le point dans ton nez, c'est pourquoi? me suis-je aventuré à demander.

— Pour s'assurer que le mort est vraiment mort,

a répliqué Davy d'un ton jovial. Tu viens à la vente à l'encan, William?

— Un encan? ai-je dit.

— Pour vendre les affaires de Joseph, évidemment, a dit Davy, l'air d'insinuer que j'aurais dû le savoir.

À première vue, il me semblait insensé que les biens d'un mort soient vendus avant même qu'il ne soit rendu dans sa tombe. Mais le but était purement pratique : quand le *Pembroke* retournerait en Angleterre, la famille de Joseph recevrait l'argent rapporté à l'encan.

Mais je n'avais guère le temps de m'attarder à ces questions de points dans le nez et de vente à l'encan. Tous les matins, le soleil se levait sur une autre journée à s'occuper de tous les préparatifs nécessaires à l'appareillage. Certains étaient déjà terminés. Les mâts de hune et de perroquet du *Pembroke* et les traverses qu'on appelait des vergues avaient passé l'hiver sur le pont, recouverts de suif. On les avait tous nettoyés et remis en place.

Ça bourdonnait comme des abeilles, chacun occupé à sa tâche. Le charpentier et ses aides faisaient de petites réparations aux canots. Le voilier et ses aides passaient des heures à s'assurer que toutes les voiles étaient en bon état. Et l'armurier et ses aides travaillaient au marteau tous les bouts de métal qui en avaient besoin. Des bateaux chargés d'approvisionnements faisaient la navette toute la journée. J'ai embarqué de l'eau, descendu du bois dans l'entrepont et entreposé des vivres dans la cale. Comme j'étais le seul non-marin, on m'avait confié des tâches plutôt ordinaires, que j'avais déjà faites à terre. Mais ici, elles me semblaient différentes. J'étais à bord d'un navire et membre de son équipage. J'étais un homme du *Pembroke*. Quant au capitaine, il avait d'autres tâches, dont celle de s'occuper du général qui commandait la garnison de Halifax.

Mais un jour, les préparatifs ont été interrompus par le général James Wolfe qui est monté à bord. C'était tout un événement! Tellement que j'ai écrit à ce sujet dans mon journal, ce soir-là. On aurait dit que le roi en personne s'était présenté à bord. Quand sa barque nous a abordés, le maître Thompson a respiré profondément :

— Équipage à tribord! a-t-il hurlé.

Je ne connaissais pas cet ordre, mais les autres matelots, oui. Nous nous sommes donc mis en rangs pour accueillir le général tandis qu'il embarquait. M. Thompson a sifflé une série de notes dans le sifflet argenté qu'il porte à son cou, et le général Wolfe est monté à bord avec les honneurs du sifflet.

— Impressionnant, hein? a murmuré Ti-Poil sans remuer les lèvres. (Il savait se faire discret.)

Je n'ai qu'entrevu le général Wolfe et n'ai rien

remarqué de particulier. Mon père disait toujours que la grandeur d'une personne, ça ne se voyait pas tout de suite. Et c'était rigoureusement vrai dans le cas du général : il était petit et plutôt frêle, et avait les cheveux roux et le nez pointu. Il toussait beaucoup et avait toujours un mouchoir devant la bouche. Il marchait comme s'il avait eu mal aux os, comme un vieux, alors qu'il devait être dans la jeune trentaine.

Par la suite, Ti-Poil m'a dit que c'était tant mieux si Wolfe avait choisi l'armée de terre plutôt que la marine, car il paraît qu'il a presque vomi ses tripes pendant la traversée de l'Atlantique.

Heureusement, je ne suis pas affligé de ce mal!

Le 1er mai était une belle journée ensoleillée, qu'on a célébrée dans l'allégresse. Le vice-amiral Saunders, qui est à la tête de la Marine royale, a salué le contre-amiral Durrell d'une salve de 15 canons, et Durrell l'a salué de même. La garnison a salué à coups de fusil, puis nous nous sommes tous mis à la tâche.

Plus tard dans la journée, je me suis rendu compte qu'on me donnait toujours les tâches les plus ingrates, comme nettoyer la poulaine. Quand j'habitais à l'auberge de Mme Walker, j'avais été videur de pots de chambre, et c'était plutôt déplaisant. À bord du *Pembroke*, il n'y avait pas de pots de chambre, mais plutôt deux planches percées de trous, vers la proue du navire. À toute heure du jour ou de la nuit, les marins qui avaient envie se dirigeaient donc vers l'avant du navire et s'installaient sur ces planches en ne faisant pas toujours très attention à bien viser dans les trous. Les planches maculées sentaient encore plus mauvais que les pots de chambre. Et quand on sait que plus de 300 hommes les utilisaient…

Je ne voudrais pas être à la place du capitaine Simcoe et avoir toutes les responsabilités qu'il assume à bord. Mais je l'envie d'avoir sa poulaine personnelle, tout près de sa cabine.

Je commençais à sentir un vent d'impatience se répandre au sein de l'équipage du *Pembroke*. Les marins avaient hâte de prendre la mer et de laisser Halifax dans le sillage du navire. Ils étaient impatients d'ouvrir la voie au reste de la flotte et de l'armée.

— J'étais à bord du *Lenox* quand il a pris le *Princesa* aux Espagnols, dans les années quarante, a lancé Gueule-Rose, d'un ton rempli de fierté.

— Les années 1640? a dit Davy, avec un petit sourire narquois.

— 1740, moussaillon! a rétorqué Gueule-Rose, sans se laisser démonter. *Et ça,* c'était un sacré exploit. Imaginez les trois bons navires britanniques, l'*Orford*, le *Lenox* et le *Kent*, chassant leur proie. Notre pauvre capitaine a eu la main emportée par une balle. Est-ce qu'il a quitté son poste de commandement pour autant? Jamais de la vie!

— Cette fois-ci, c'est au tour de notre escadre à ouvrir la voie, a dit Tom. M. Cook est en train de dessiner une carte très précise du Saint-Laurent dont la flotte britannique a besoin pour se rendre jusqu'à Québec. Il faudra placer des balises flottantes afin de tracer un passage sûr pour les autres navires. Notre rôle est donc crucial, matelots! Pas question que nos navires aillent s'échouer.

— Et le général Wolfe et son armée? ai-je demandé. Et le vice-amiral Saunders et le reste de la flotte?

— Ils vont nous suivre en temps et lieu, m'a répondu Tom.

D'un jour à l'autre, ont dit les matelots, et il semble qu'ils avaient raison. Le 4 mai, on a tenté de sortir du port de Halifax. Mais il y avait tant de glaces flottantes qu'on a laissé tomber. Le lendemain matin, le vent avait tourné. Le *Pembroke* semblait frétiller d'impatience. Je le sentais presque en m'appuyant sur un de ses haubans.

Il a fallu presque tout l'équipage pour préparer l'appareillage du *Pembroke*. Les uns grimpaient dans la mâture. Ils allaient manœuvrer les voiles. J'ai reçu l'ordre de lever l'ancre, une tâche qu'on confiait à ceux qui n'avaient aucune connaissance des voiliers.

Pour le moment, cela me convenait parfaitement. Nous étions des dizaines à marcher en rond, agrippés aux barres du cabestan. Le cordage s'enroulait très lentement, et l'ancre montait peu à peu. À bord du *Merry Lot*, tous les hommes auraient entonné un chant de marin afin de rythmer le travail. Mais pas sur ce navire. On n'entendait que des grognements. La marine considérait que chanter en travaillant était mauvais pour le moral des hommes. À tort ou à raison, peu importait, une heure plus tard, l'ancre était bien fixée sur le pont.

Puis on a donné l'ordre d'appareiller. Des verges et des verges de toile se sont déployées, le vent a gonflé les voiles, et le *Pembroke* s'est mis à avancer. Le spectacle de nos 13 vaisseaux appareillant tous ensemble devait être magnifique, pour qui assistait à la scène depuis la côte. Le *Pembroke* était impressionnant. Mais le vaisseau du contre-amiral Durrell, le *Princess Amelia*, l'était encore plus. Le pavillon de la Marine royale britannique flottait au mât de chaque navire. Quant au navire du contre-amiral Durrel, une flamme flottait également dans sa mâture. Nous avons quitté le port en passant devant l'île Cornwallis, puis en doublant le cap Sambro.

Adieu, Halifax! me suis-je dit. Adieu!

À partir de ce matin-là, tout a changé. L'équipage

a été réparti en deux quarts de travail, puis chaque quart a été divisé entre « bâbordais » et « tribordais », selon la section du bateau sur laquelle les matelots effectuaient leurs tâches particulières. Le *Pembroke* était devenu une machine de guerre, et chacun de nous en faisait partie intégrante.

Davy et les autres mousses étaient responsables des courses, du nettoyage des ponts, de l'approvisionnement en poudre à canon durant les batailles et du soin des bêtes. Leur nombre à bord du *Pembroke* ne cessait de m'étonner. La plupart, comme les veaux, les moutons et les canards, étaient destinés à la table du capitaine. La chèvre et les poules servaient à le pourvoir en lait et en œufs.

— Vérifie toujours le sens du vent, m'a conseillé Davy en jetant du fumier par-dessus bord. C'est bien beau, les bouses de vaches. Mais tu ne voudrais pas qu'elles te reviennent en plein visage!

Ben Le Bostonien, Ti-Poil, Bob Carty et Sam Le Tatoué étaient des gabiers de grande expérience et faisaient la fierté du *Pembroke*. Ils passaient presque tout leur quart haut perchés dans la mâture à s'occuper des voiles. Tom et Gueule-Rose avaient été gabiers. Mais maintenant, ils étaient trop vieux et plus assez agiles pour ce travail dangereux. À la place, ils travaillaient sur le pont de gaillard, tout comme moi, même si je n'étais guère expérimenté.

M. Thompson, le maître d'équipage, criait des ordres (il avait une très grosse voix) et nous obéissions aussitôt. Si Tom et Gueule-Rose n'avaient pas été là pour m'expliquer ce que signifiaient les ordres, j'aurais probablement reçu le fouet pour cause de désobéissance.

— Avec le temps, on va faire de toi un bon matelot de gaillard d'avant, m'a assuré Tom.

J'avoue que je n'en étais pas très convaincu, mais je n'avais pas le temps d'y réfléchir. Le maître d'équipage et les autres officiers nous donnaient des tâches sans fin, et Tom m'en donnait souvent d'autres qui, selon lui, allaient servir à mon instruction.

Nous nous levions très tôt pour nettoyer le navire. J'enroulais des cordages, retouchais des peintures et récurais des ponts. Nous faisions toutes ces tâches au son de la cloche du navire, qui ponctuait notre temps de travail toutes les demi-heures. Il n'y avait rien de tout cela quand j'avais navigué avec mon père, des années plus tôt.

— Un son de cloche marque la première demi-heure de ton quart de travail, et deux coups, la seconde demi-heure, m'a expliqué Tom. Quand tu entends huit coups de cloche, ton quart est terminé, et tu as quatre heures de temps libre. Et c'est pareil pour les petits quarts qui ne durent que deux heures.

— Seulement quatre heures de sommeil! me

suis-je étonné.

— Seulement quatre heures quand nous sommes en mer, a dit Gueule-Rose en riant. Sauf si tous les hommes sont appelés à se rendre sur le pont. Tu verras : tu vas apprendre à dormir quand et où tu le peux.

De nouveau, nous étions entourés de glaces flottantes. Même les vigies, tout là-haut dans la mâture, ne voyaient aucun passage libre à la surface de la mer. Je n'ai pas eu besoin qu'on m'explique la gravité de notre situation. Il n'y avait qu'à voir la tête des officiers. Les glaces avaient déjà fait couler bien des navires dans ces parages. M. Cook montait souvent sur le pont pour discuter avec le capitaine ou observer les glaces. Je me suis demandé s'il avait remarqué que j'étais à bord. Mais je ne le lui ai pas posé la question. Les simples matelots ne s'adressent pas aux officiers, à moins d'y avoir été invités, car ce sont des gentilshommes, contrairement à eux. Néanmoins, cet après-midi-là, M. Cook a demandé à me voir. Je suis donc redescendu dans l'entrepont, ai traversé le navire dans toute sa longueur et suis remonté par l'échelle qui conduit au gaillard d'arrière. Je n'y avais jamais mis les pieds, car l'endroit est réservé aux officiers et aux élèves officiers. Un lieu presque aussi sacré que la cabine du capitaine!

— Ah! Te voilà, Jenkins! a dit M. Cook. J'ai été très heureux d'apprendre que tu avais finalement décidé de servir ton roi.

Puis il s'est retourné vers le capitaine Simcoe :

— Sir, voici le jeune homme dont je vous ai parlé hier soir, au souper.

Le capitaine s'est essuyé le front du revers de la main. J'ai trouvé qu'il n'avait pas l'air bien portant.

— M. Cook m'a confié que tu sais très bien lire et compter, m'a-t-il dit. Et que tu parles un peu français. Selon lui, tu aurais dû être enrôlé comme élève officier.

Il fallait entendre Ben rire quand j'ai répété les paroles du capitaine, ce soir-là. Il a failli s'étouffer avec son pain!

— Toi, un élève officier! a-t-il dit. Mais il faut être un gentilhomme. Si toi, tu en es un, alors moi, je suis marié à une sirène!

— Non, non! a protesté Bob. Ce n'est pas une règle absolue, puisque M. Cook lui-même est d'origine modeste. Oui, oui! Son père était un simple ouvrier agricole. Mais en travaillant fort, M. Cook est devenu maître d'équipage.

— C'est vrai, a confirmé Gueule-Rose. Et un jour, il sera capitaine. Vous pouvez me croire! (Il a souri en découvrant ses gencives roses.) Alors qui sait ce que l'avenir te réserve, Jenkins?

Mais ce que l'avenir nous réservait à tous, c'était un beau mélange de tous les temps : du brouillard, puis des coups de vent et toujours des glaces flottantes. Il pleuvait si fort qu'on distinguait à peine le reste de la flotte. Pour ne pas perdre le contact, il fallait signaler régulièrement nos positions respectives. Toutes les deux heures, le contre-amiral Durell faisait tirer un coup de canon. Des marins à notre bord lui répondaient alors en tirant des coups de mousquet. De temps à autre, notre vigie signalait un navire en vue. Nous nous mettions aussitôt à scruter l'horizon, cherchant à savoir si ce pouvait être un navire ennemi, auquel cas il aurait pu y avoir une bataille. Je n'avais jamais assisté à un combat naval et n'y avait encore moins participé. Mais les exercices de tir avec notre gros Savage Billy m'en avaient donné un avant-goût. J'espérais donc pouvoir me montrer aussi courageux que je croyais l'être.

Le mauvais temps rendait le travail sur le pont exécrable et, aussi, beaucoup plus dangereux. Avec le navire qui gîtait fortement et les paquets de mer qui inondaient le pont, il fallait prendre garde de ne pas être emporté. Il y avait plus d'accidents que d'habitude, comme des entorses aux chevilles ou des épaules déboîtées. Le chirurgien du bord n'arrêtait pas de soigner des blessés.

Un jour, le *Pembroke* a piqué du nez si

abruptement dans le creux d'une vague que je me suis fait assommer et me suis retrouvé au pied du capot d'échelle dans l'entrepont. Finalement, je n'ai eu qu'une grosse bosse, donc rien pour m'empêcher de retourner à mon poste.

Une fois notre quart terminé, j'ai demandé à Tom à quoi ça ressemblait de se retrouver en pleine bataille navale. Soudain, Ben a lâché un cri de terreur :

— Des rats! Là, sous la table! On ne va quand même pas manger avec ces trucs qui nous tournent autour des jambes!

— Je ne vois pas de rat, a dit Ti-Poil à Ben. À moins que ce cabot en ait un dans le ventre.

— Ça alors! ai-je dit en riant. C'est Louis XV!

Il gémissait de plaisir et me léchait la jambe tandis que je lui grattais les oreilles.

— Un passager clandestin! s'est esclaffé Ti-Poil. Et moi qui te prenais pour un chien intelligent, Louis XV! Il faut être fou pour s'embarquer clandestinement sur un navire de guerre.

— Ton chien, hein? m'a demandé Gueule-Rose.

— Il faut croire que oui, ai-je rétorqué. À moins que quelqu'un d'autre ne le réclame. Comment t'y es-tu pris, mon vieux? lui ai-je chuchoté à l'oreille tout en le caressant.

— Il s'est peut-être embarqué sur une des navettes d'approvisionnement, a suggéré Davy.

C'est alors que Louis XV a sauté sur la table.

— Si ton sale chien de taverne ose toucher à mon repas, je jure que je le fais passer par-dessus bord! a crié Ben.

Louis XV a aussitôt rabattu ses oreilles. Il s'est mis à rugir comme un lion et a sauté sur la gamelle de Ben. Puis il a filé avec le reste du lard salé de Ben dans la gueule. Ben s'est mis à jurer et à pester. Mais ses cris de colère ont été enterrés par nos compagnons de tablée qui hurlaient de rire.

— Tu t'es fait avoir par un vulgaire cabot! l'a taquiné Tom.

— Tiens-le loin de moi, Jenkins, m'a averti Ben. Dès que je le retrouve, je lui fais boire la tasse!

Mais Ben n'a pas eu à le faire, car Louis XV s'est contenté de rester dans la cale, à chasser les rats. Il pouvait y trouver mille cachettes, ce qui expliquait pourquoi il avait réussi à ne pas se faire prendre pendant si longtemps. Parfois, il remontait sur le pont pour prendre un bain de soleil. Mais il prenait toujours soin de n'embêter personne. La nuit, il se faufilait jusqu'à moi et je le prenais dans mon hamac. Je m'endormais souvent au son de ses ronflements.

— Sacré Louis XV! lui chuchotais-je à l'oreille. Toi aussi, tu avais besoin d'un peu d'aventure.

Beau temps, mauvais temps, nous voguions sur les flots, louvoyant d'un côté puis de l'autre, encore et encore, à m'en donner le vertige.

Un matin, quelqu'un a dit qu'il distinguait une île à l'horizon. J'ai plissé les yeux et j'ai aperçu un petit bout de terre qui ne me disait rien, car je n'avais aucune idée de l'endroit où nous étions.

— L'île aux Oiseaux, a dit Tom. Donc, derrière, c'est l'île du Cap-Breton. Et Terre-Neuve se trouve au nord-est. Les icebergs longent les côtes de Terre-Neuve. De vraies montagnes de glace. Rien à voir avec ces minables glaçons flottants.

J'essayais de les imaginer tout en tirant avec Tom et les autres sur un cordage afin de hisser une voile, une fois de plus. J'avais déjà aperçu de petites îles de glace, à Halifax, mais rien qui ne ressemble de près ou de loin à une montagne.

— Ce doit être quelque chose à voir! ai-je dit. On pourrait en aborder un et y prélever des blocs de glace afin de nous rafraîchir, les jours de grande chaleur.

Une vague image de la glacière de Louisbourg m'a traversé l'esprit. Et, naturellement, j'ai tout de suite pensé à Vairon.

— Un navire ne doit jamais s'approcher d'une de ces montagnes de glace, a rouspété Tom. Elle l'éventrerait.

— Et on irait rejoindre Davy Jones? ai-je demandé.

— Oublie cette idée et n'en reparle plus jamais, m'a chuchoté Gueule-Rose d'une voix remplie de terreur. Tu risquerais d'attirer la malchance sur notre navire. Les autres *te* considéreraient alors comme un oiseau de malheur et se mettraient à t'ignorer complètement.

Le lendemain, à notre bord, un pavillon de signalisation a été accroché à mi-mât. Il indiquait que nous avions besoin d'un chirurgien, m'a-t-on expliqué. Le canot du *Pembroke* a été mis à l'eau, et nos matelots ont conduit M. Cook à la rame, jusqu'au navire du contre-amiral Durrell, le *Princess Amelia*. À son retour, il était accompagné du capitaine d'armes de Durrell et d'un autre homme. M. Jackson, notre chirurgien de bord, les a accueillis.

— C'est M. John, le chirurgien du *Prince of Orange*, m'a chuchoté Tom. Apparemment, le capitaine Simcoe serait très malade. Ce doit être vrai, s'il lui faut deux chirurgiens.

Un lourd silence s'est abattu sur notre navire, par respect pour notre capitaine malade. Des rumeurs se sont mises à circuler à bord, tels des goélands hantant le ciel. Personne ne savait comment il se portait exactement. Mais le lendemain, tout le monde a été convoqué sur le pont.

— Le capitaine Simcoe a été emporté par une fluxion de poitrine, a annoncé solennellement

M. Cook à tout l'équipage. Il nous a quittés.

Le 17 mai, nos navires ont jeté l'ancre au large d'une île appelée Anticosti, avec tous leurs signaux et flammes en berne. Encore une fois, tout le monde a été convoqué sur le pont pour le service funèbre. Je distinguais le cap Gaspé à l'horizon et je savais qu'un peu plus loin commençait le fleuve Saint-Laurent. D'une voix monotone, M. Cook récitait le service funèbre. J'aurais dû écouter attentivement, par respect, mais je n'arrêtais pas de penser à ce fleuve. Il allait nous conduire jusqu'à Québec et à la guerre.

Il y a eu un « plouf ». Au son du corps du capitaine Simcoe entrant dans l'eau, j'ai esquissé un mouvement de recul. On avait jeté sa dépouille depuis un des sabords du pont d'artillerie. Lesté de boulets de plomb, il avait aussitôt coulé. Au même moment, un coup de canon a été tiré. Il y a eu environ 30 secondes de silence, puis un autre coup de canon. Au total, 20 coups, un adieu à la hauteur d'un officier de marine. Une fois la cérémonie terminée, nous avons poursuivi notre route en laissant derrière nous, au fond des eaux glaciales du golfe, les restes du capitaine.

Mais cet événement me hantait. Il me trottait dans la tête pendant que je travaillais sur le pont, puis pendant mon souper et, encore, quand je me suis installé dans mon hamac avec le vain espoir de trouver le sommeil. Deux morts déjà et le combat n'avait même pas commencé. Le malheur allait sûrement cesser de s'abattre sur nous, il le fallait. J'étais si ébranlé que, le lendemain, j'ai tout raconté dans mon journal.

Mais je me trompais. C'était à n'y rien comprendre. Pendant des jours, le vent est resté très faible. Le *Pembroke* glissait sur l'eau, les voiles à peine gonflées par le vent. Nous étions sur le pont, au milieu des cages à volailles, qu'on avait montées là afin de leur faire prendre l'air. Il faisait beau soleil, et nous transpirions tous à grosses gouttes. Seuls les gabiers étaient à l'aise là-haut, dans la mâture.

Tom me montrait comment faire un nœud de chaise, c'était le meilleur de tous les nœuds selon lui.

— Il ne se resserre jamais trop et il ne peut pas se dénouer de lui-même, disait-il. À toi d'essayer.

J'ai pris la corde et j'ai exécuté le nœud en répétant les instructions qu'il avait dites afin de m'aider à mémoriser les étapes : « Le lapin sort de son terrier, me chuchotais-je à moi-même. Il fait le tour de l'arbre, puis il retourne dans son terrier. » J'ai tendu le bras pour voir le résultat. Ça ne ressemblait pas beaucoup à un nœud de chaise.

— Ton lapin s'est pas mal emmêlé les pattes, a dit Tom en éclatant de rire.

Au même moment, quelqu'un a crié, et on a entendu un gros « plouf ».

— Un homme à la mer! a crié Ti-Poil au-dessus de nos têtes. Bob Carty est tombé! Lancez-lui quelque chose!

M. Cook a donné l'ordre de baisser les voiles. J'ai lâché ma corde à nœuds, j'ai attrapé une cage à volailles et je l'ai lancée par-dessus bord. Plusieurs matelots se sont massés contre le bastingage. Il n'y avait rien à voir, mis à part la poule qui flottait sur l'eau, dans sa cage. On a mis à l'eau le canot du *Pembroke*, et les hommes ont cherché tant et plus, mais en vain. Ils ont rescapé la pauvre poule trempée et ont hissé le canot à bord. La mer avait englouti Bob Carty, tout comme le capitaine Simcoe.

— Il est tombé comme une pierre, a dit Sam Le Tatoué, ce soir-là.

— Il a coulé à pic comme une pierre aussi, a ajouté Ben Le Bostonien. Une fois à l'eau, Carty n'avait pas la moindre chance de s'en tirer.

— Il a peut-être perdu connaissance en entrant dans l'eau, ai-je avancé, tout en tendant un morceau de bœuf salé à Louis XV qui était couché à mes pieds. Sans cela, il aurait peut-être survécu.

— Peu probable, a dit Sam. Carty ne savait pas nager. Moi, je sais, mais je suis un des rares. (Il a souri.) Tu as bien fait en lançant la cage à volailles,

Jenkins. Bon réflexe, digne d'un matelot! Carty aurait apprécié.

— Jamais deux sans trois, comme on dit, a fait remarqué Tom. Nous sommes donc quittes. La grande Faucheuse a eu son compte, maintenant.

— Chantons à la mémoire de Bob Carty! a lancé Gueule-Rose. (Du fond de son coffre délabré de marin, il a sorti un vieux violon, puis il s'est mis à l'accorder.) *Spanish Ladies* était sa chanson préférée. Il avait l'œil pour les femmes.

Nous avons chanté, et cela m'a remonté le moral un peu, surtout après ce que m'avait dit Sam. Il m'avait traité comme son égal et ça, c'était quelque chose! Jamais deux sans trois, me suis-je dit. On allait pouvoir passer aux bonnes choses pour changer.

Et nous avions de la bonne musique. Je savais que les marins aimaient les chants. Et la danse, aussi. Gueule-Rose jouait du violon, et les hommes battaient la mesure en chantant *Spanish Ladies*, puis *Yankee Doodle* (à la demande pressante de Ben), *Over the Hills and Far Away*. Dans toutes les fibres de mon corps, je sentais que les choses allaient bien tourner pour nous.

Et c'est ce qui a semblé se produire. Le lendemain, le 19 mai, le vaisseau du contre-amiral a capturé un navire français faisant voile vers Québec. Nous avons remonté le Saint-Laurent en luttant contre le fort courant. Il devait venter suffisamment, sinon nous aurions été emportés vers l'aval, d'où nous venions.

Le fleuve est devenu un peu moins large. Nous sommes passés devant de petites îles et des embouchures de rivières, mais sans nous arrêter pour les explorer. Nous avancions lentement, non seulement à cause du courant, mais aussi à cause du fleuve que nous ne connaissions pas. S'il y avait des hauts-fonds, nous risquions de nous échouer ou de déchirer notre coque sur des rochers et de couler. Le soir, les navires jetaient l'ancre, car il était impossible de continuer de remonter le fleuve en pleine noirceur. Je m'habituais peu à peu à la vie à bord du *Pembroke*. Par contre dormir en plein jour n'était pas plus facile. Mais je comprenais de plus en plus le langage de la marine et tous ses mots étranges. Je me disais que, avec le temps, je pourrais même devenir un vrai loup de mer. Néanmoins, je n'arrêtais pas de me demander ce que nous faisions.

Nous étions passés devant des milles et des milles de paysages canadiens bordant le fleuve. Même sans longue-vue, je pouvais voir les jolis villages. Chacun était surmonté d'un clocher d'église. Ils me rappelaient des phares. Les fermes étaient inhabituellement longues et étroites. Elles étaient disposées en rang d'oignon, le long du Saint-Laurent. Ainsi chacun avait accès au fleuve qui servait de voie de communication aux gens du pays.

À nous, il servait de voie d'accès, mais celle-ci allait nous emmener sur le sentier de la guerre.

Tout en me faisant ces réflexions, j'ai pris ma longue-vue et, sur une de ces fermes, j'ai aperçu un gamin qui se tenait au bord de l'eau, un seau à la main. Je distinguais assez bien son visage pour y lire une expression de soulagement : *Passez votre chemin, messieurs les Anglais*, semblait-il dire. *Laissez-nous en paix.*

Mais la paix ne serait pas au rendez-vous à Québec, du moins pas avant que la guerre soit finie et que nous ayons remporté la victoire.

Un navire ne peut rester sans commandant. Le 27 mai, le contre-amiral a envoyé chercher le capitaine Wheelock à bord du *Squirrel* afin qu'il prenne le commandement du *Pembroke*. Le lendemain matin, tandis que nous briquions les ponts, j'ai reçu l'ordre de me rendre sur le gaillard d'arrière. M. Cook souhaitait me parler. J'ai déposé ma pierre de grès, soulagé d'être dispensé de cette corvée, et je me suis levé. Personne n'a dit un mot, mais tout le monde m'a suivi des yeux. Je savais que je n'avais rien fait de mal, mais je sentais que tous les matelots pensaient le contraire.

— Au tour de Jenkins d'y passer, a dit Ben en parlant entre ses dents quand je suis passé à côté de lui. Vingt coups, je parie.

— Sir! ai-je dit d'un ton extrêmement poli, quand j'ai rejoint M. Cook. Vous avez demandé à me voir?

— En effet, a-t-il dit d'un ton grave. Que vois-je là?

Son doigt pointait vers le pont. J'ai regardé et j'ai vu une partie de corps de bête.

— Une queue de rat, je crois, Sir, ai-je dit.

— Et comment s'est-elle retrouvée là? m'a demandé le capitaine Wheelock.

— Je n'en ai aucune idée, ai-je dit.

Mais c'était faux, car Louis XV était assis juste derrière le capitaine.

— Par contre, moi je le sais, a répliqué M. Cook. Un chien l'a apportée au capitaine et l'a déposée à ses pieds. Un commentaire, Jenkins?

— Je suis désolé, Sir, ai-je dit timidement.

— Désolé de quoi? a dit M. Cook d'une grosse voix.

— Désolé d'avoir laissé le chien sortir du sac, ai-je risqué.

La phrase m'était sortie de la bouche comme malgré moi, et je savais que j'étais cuit. Néanmoins, personne n'a dit un mot. Même Ben n'a pas desserré les lèvres. Mais Louis XV a bâillé, puis a lâché un gros rot. Désespéré, j'ai fermé les yeux. Mais un rire étouffé me les a fait rouvrir. M. Cook se retenait pour ne pas éclater de rire, et le capitaine Wheelock aussi. Puis tous les autres officiers ont éclaté de rire avec eux.

— Ton chien, Jenkins, nous rend un fier service, a dit le capitaine Wheelock. Mon cuisinier affirme qu'on ne voit pratiquement plus un seul rat se pointer le nez dans la coquerie.

— Louis XV se régale volontiers d'un rat bien dodu, ai-je dit.

Le capitaine et M. Cook ont ri encore plus fort.

— Le chien qui est sorti du sac! a dit M. Cook en s'essuyant le coin des yeux. Louis XV! Belle trouvaille. Mais au boulot, Jenkins. Ton chien est le bienvenu à bord. Et malheur à qui s'en prendra à lui!

Et c'est la dernière fois que Ben s'en est pris à Louis XV.

Quelques jours plus tard, dans l'après-midi, Tom m'a aidé à monter dans la mâture. Je pensais que ce serait plus facile cette fois-ci. Après tout, je l'avais déjà fait une fois, à Halifax. Mais il y avait un bon vent ce jour-là et, plus nous montions, plus il forcissait et plus nous nous faisions ballotter. Je serrais si fort les haubans que mes jointures en étaient blanches. J'ai prié pour ne pas avoir les mains moites, car cela m'aurait fait lâcher prise. Si je tombais, ma tête se fendrait en deux comme un melon. Mon corps serait jeté à la mer, en pâture aux poissons.

Cette pensée était si déplaisante que je l'ai chassée de mon esprit et me suis concentré sur mes mouvements pour grimper. J'étais un matelot, quand même! Plus je grimpais, plus je ressentais du respect pour les gabiers qui montaient jusque là-haut même par les pires tempêtes. Finalement, Tom m'a aidé à monter dans le nid de pie, où sont postés les vigies et les tireurs d'élite. Ti-Poil y était, une longue-vue à la main.

— Là, c'est l'île aux Coudres et, d'après ceux qui s'y connaissent, nous sommes à environ 50 milles de la ville de Québec, m'a dit Ti-Poil. Regarde!

Et il m'a tendu sa longue-vue. Elle était plus grosse que la mienne, et plus puissante.

J'ai appuyé mon œil contre la lorgnette et me suis appuyé au bastingage afin de stabiliser ma visée. Je distinguais notre flotte.

— Alors? m'a demandé Tom.

Je me suis éclairci la voix.

— Je vois une vache…, ai-je dit. Non, deux vaches et… trois cochons. Mais pas un seul Français.

Je ne croyais pas si bien dire! Toute notre flotte était à l'ancre. Des canots avaient emmené à terre un bon nombre de soldats. Mais, dans les fermes, ils n'avaient trouvé que des bêtes. Tous les hommes, toutes les femmes et tous les enfants s'étaient enfuis en nous voyant arriver.

— C'est bon signe, ai-je dit plus tard ce soir-là, au souper.

J'avais la tête qui me tournait un peu, car on nous avait servi du vin, notre réserve de bière étant à sec. Nous prenions l'air sur le pont et regardions le fleuve.

— Maintenant que les Français se sont enfuis, cette guerre devrait se conclure rapidement, ai-je ajouté

Devant tant d'ignorance de ma part, Ben Le Bostonien a fait un bruit grossier et a secoué la tête.

— Ce n'étaient que des fermiers, a-t-il dit.

Sam Le Tatoué nous a regardés tous les deux avec mépris.

— Des fermiers? a-t-il rétorqué. Ces Canadiens sont bien plus que des fermiers. On peut toujours se battre contre des soldats français. Mais vous n'avez jamais vu se battre des fermiers canadiens! (Il a craché dans l'eau, et son crachat a été emporté par le courant.) Sans oublier leurs alliés abénaquis! À votre place, j'aurais peur de me faire scalper.

Sur ce, il est descendu dans l'entrepont.

Scalper un homme était une pure horreur, et les Indiens n'étaient pas les seuls à observer cette coutume de guerre. Les Français, les Anglais et les colons américains l'avaient adoptée. Juste à y penser, j'en avais mal à la peau du crâne.

— Sam Le Tatoué est bien placé pour le savoir, a dit Ben avec un sourire mauvais. Je mettrais ma main au feu qu'il a eu son compte de ce genre de trophées.

— Que veux-tu dire? ai-je demandé.

— Il a été prisonnier, a répondu Ben. Où crois-tu qu'il a eu ses tatouages? Il y a des années, quand il était petit, les Abénaquis l'ont enlevé. Un jour, il les a quittés de son propre gré, mais il était trop tard. Il était devenu l'un des leurs, plus indien que blanc. Si tu tiens à la vie, ne te fais pas un ennemi de Sam Le Tatoué. Et si jamais tu te fais prendre par les Français ou les Sauvages (ils sont pareils), fais tout ce que tu peux pour rester en vie. Oublie le code d'honneur. Mens, triche, vole, tue!

Je n'avais jamais entendu Ben parler aussi longuement et avec tant de passion. Là-dessus, il est parti.

Chapitre 6
8 juin 1759

Le contre-amiral Durrell a ordonné le départ du *Pembroke*, du *Devonshire*, du *Centurion* et du *Squirrel*, ainsi que de trois navires de transport de troupes. Le *Devonshire* était sous la gouverne du capitaine Gordon. Nous devions remonter le Saint-Laurent aussi loin que possible et trouver où se trouvaient les brûlots que les Français avaient préparés. Ces bateaux étaient aussi dangereux que leur nom le laissait entendre. Les Français y mettaient le feu et, emportées par le courant, ces embarcations flotteraient entre nos navires et les embraseraient.

Les propos de Ben au sujet des Français m'ont trotté dans la tête durant les jours suivants, tandis que nous remontions lentement le fleuve vers Québec. J'y pensais encore plus quand nous avons reçu le signal de mettre à l'eau tous nos canots chargés de soldats en armes. Personne ne connaissait la profondeur exacte de ces eaux. Les maîtres pilotes allaient donc sonder le fond d'un passage très traître du fleuve, appelé la Traverse. Les canots allaient naviguer de nuit afin que les Français ne puissent les voir. Bien sûr, ils savaient que nous étions là, car depuis des jours, on pouvait voir des feux de signalisation sur la berge.

Plus tard, un soir de juin, je réfléchissais, espérant que notre expédition se passe bien, quand le silence a été rompu par la voix de M. Cook.

— Jenkins, tes camarades de tablée et toi allez m'accompagner. Un peu d'action va vous faire du bien.

Je ne voyais pas en quoi cela allait me faire du bien, mais on ne discute pas un ordre. De l'action, il y en a eu pendant deux soirées. Je laissais tomber un fil à plomb, puis je le remontais. M. Cook notait alors la profondeur indiquée, ce qui lui permettrait ensuite de dresser une carte marine. Il faisait froid, j'étais trempé et je n'arrêtais pas de penser à ceux qui nous observaient peut-être, tapis dans l'ombre. Je m'attendais à tout moment à voir surgir des Indiens ou des Canadiens de derrière les arbres.

Je n'ai pas été déçu. Le deuxième soir, M. Cook était enfin satisfait et en est venu à la conclusion qu'on pouvait maintenant emprunter la Traverse en toute sécurité. Nous étions en train de ramer vers le *Pembroke* quand des cris inhumains ont retenti à l'orée de la forêt. Mon sang n'a fait qu'un tour. Encouragés par les cris de M. Cook, nous avons ramé de toutes nos forces pour nous mettre à l'abri. Des flèches sifflaient à mes oreilles, et l'une d'elles s'est fichée dans le flanc du canot. Une autre a frappé Ben à l'épaule. Il a crié, puis il est tombé à l'eau. Quand les marins militaires qui étaient à bord de notre navire ont compris ce qui se passait, des balles de mousquet se sont mises à siffler dans la noirceur, depuis le *Pembroke*. Les Canadiens se sont repliés. Nous avons appelé Ben, encore et encore, mais en vain. Nous ramions vers le navire et nous n'entendions que les horribles cris de guerre des Indiens.

— Probablement noyé, a grommelé Ti-Poil quand nous avons été à bord. Et c'est une chance pour lui. S'il avait été capturé…

— Que lui auraient-ils fait? ai-je demandé.

— Fais preuve d'un peu d'imagination, William, a dit Gueule-Rose. Les Sauvages, eux, n'en manqueront pas.

Ce soir-là, je n'arrivais pas à chasser de mon esprit l'image de Ben tombant à l'eau. Et je n'arrivais pas non plus à oublier l'idée que nous avions agi comme des lâches en repartant à la rame, sans tenter de le rescaper. À la fin de la nuit, toujours incapable de dormir, je suis descendu de mon hamac et je suis monté sur le pont. De la brume s'élevait à la surface de l'eau. La journée allait être très chaude. Les gabiers étaient déjà en haut, dans la mâture, et détachaient les voiles pour les faire sécher. *Ben le Bostonien ne fera plus jamais ce travail*, ai-je pensé.

— Tu penses à Ben? m'a demandé M. Cook, qui était venu se placer à côté de moi. Nous n'avions pas le choix. On ne peut pas sacrifier un canot chargé d'hommes pour en sauver un seul. Ben l'aurait compris.

— Oui, Sir, ai-je répondu. Ti-Poil avait sans doute raison : il valait mieux qu'il se noie plutôt que d'être fait prisonnier. Quand on pense à ce qu'il aurait dû faire ensuite pour survivre!

— La vie est très précieuse, a dit M. Cook, d'un ton empreint de sagesse. Mais il y a aussi l'honneur. Sans l'honneur, la vie n'a pas de sens, Jenkins. Ne l'oublie jamais.

— Compris, Sir, ai-je dit.

Mais je n'étais pas totalement convaincu que M. Cook avait raison.

— Nous devrions être satisfaits, maintenant, a-t-il dit comme s'il se parlait à lui-même. Nous avons sondé la Traverse, et les balises sont en place. Nous pouvons maintenant naviguer en toute sécurité. Le reste de la flotte et les transports de troupes pourront nous suivre. Ensuite, les hommes du général Wolfe vont pouvoir faire leur devoir.

Les jours suivants et jusqu'à la fin de juin, c'est ce

que nous avons fait. Quiconque se serait posté sur les hauteurs de Québec ou sur les berges du fleuve aurait assisté à un ballet sans fin de vaisseaux de guerre britanniques. Les uns après les autres, nos navires passaient la Traverse sans la moindre difficulté. Des pilotes français avaient été capturés par quelques-uns de nos navires, et on les obligeait à nous guider dans ces eaux dangereuses. Mais nos autres bateaux, c'est-à-dire la majorité, se débrouillaient très bien sans eux, et je ne pouvais m'empêcher d'en tirer une certaine fierté. Après tout, j'avais participé au sondage de ces fonds.

Les Français avaient maintenant deux grosses batteries flottantes, c'est-à-dire des barges à voiles équipées de canons. L'une d'elles s'est rendue très près du *Pembroke*. On pouvait même entendre son équipage parler.

— Que disent-ils, William? m'a demandé Tom.

— Prient-ils le Ciel qu'on vienne les sauver? a dit Davy en riant.

— Non, ai-je répondu. Ils font tout sauf prier. Je ne suis pas un gentilhomme, mais j'ai assez d'éducation pour ne pas répéter leurs paroles.

En effet, les Français nous traitaient de tous les noms.

Tout le monde a éclaté de rire. Et ils riaient encore quand le capitaine Wheelock nous a ordonné de mettre en place les gros canons. Nous sommes donc descendus à toute vitesse sur le pont d'artillerie, faisant résonner les escaliers de nos pas. Chaque équipe était affairée autour de son canon et, grâce à l'affût sur lequel il était posé, le faisait rouler vers son sabord.

Finalement, il n'a même pas été nécessaire de charger les canons.

— Ils repartent! a crié Davy. Adieu et bon débarras, bande de lâches!

Notre flotte me rassurait. De 13 vaisseaux qu'elle comptait au départ, elle était passée à 150, ce qui en faisait une redoutable force de frappe. Il y avait les vaisseaux de guerre, équipés de canons, jusqu'à 90 pour certains. Il y avait les navires de combat, plus petits et de tailles variées, armés de canons ainsi que de puissants mortiers servant à tirer sur des cibles terrestres. Nous avions aussi des brûlots. J'essayais d'imaginer ce que pouvaient penser les Français et les Canadiens en voyant cette flotte mortellement dangereuse approcher d'une grande île appelée l'île d'Orléans. Le général Wolfe allait y débarquer avec notre armée. Elle se composait de marins de la Marine royale, de Highlanders et des habits rouges. Il y avait aussi des Rangers des colonies américaines. Ces derniers avaient la réputation de combattre aussi sauvagement que les Indiens. On disait qu'ils ne tenaient plus en place, tant ils avaient hâte de se battre. De temps en temps, nos navires ouvraient le feu. Nos gros canons faisaient alors un bruit de tonnerre en crachant des flammes. L'ennemi ripostait, et de leurs mousquets s'élevaient de petits nuages de fumée blanche.

— À ton avis, allons-nous débarquer et nous battre? ai-je demandé à Tom.

Comme bien d'autres fois, il m'avait aidé à grimper dans la mâture.

— Nous sommes des matelots, et les matelots se battent sur des bateaux, a-t-il dit en me passant une longue-vue. Les combats sur le terrain, c'est pour les habits rouges et les autres.

On apercevait Québec au loin, à moins de quatre milles de l'endroit où nous avions jeté l'ancre. Avec ma longue-vue, j'ai examiné la ville. Elle était constituée d'une partie haute et d'une partie basse, toutes deux entourées d'un mur d'enceinte. La haute-ville, avec ses clochers et ses grands bâtiments, était assurément la plus belle. C'était aussi la plus grande. En bas, il y avait quelques navires français sur le fleuve, mais rien qui puisse nous effrayer. Par contre, tout le long de la berge, des camps abritaient des centaines de soldats et de miliciens. Il y avait aussi un nombre imposant de canons. Les Français n'avaient pas perdu leur temps.

Mais nous non plus. Au cours des semaines suivantes, les canots du *Pembroke* ont servi à transporter des soldats jusqu'à l'île d'Orléans où le général Wolfe avait décidé de planter son premier camp. Puis nous avons aidé à transporter jusqu'à terre les canons et les affûts qui servaient à les faire rouler. Ces canons ne ressemblaient pas à ceux qui équipaient les navires. C'étaient plutôt des mortiers de forme plus trapue, servant à tenir un siège. Leurs boulets faisaient 13 pouces de diamètre et pesaient 200 livres.

— Comment allons-nous faire pour nous emparer de cette ville plantée au haut d'une falaise? ai-je grommelé un soir, couché dans mon hamac.

Nous étions à l'ancre depuis des semaines. Tout en parlant, je grattais le menton de Louis XV. Il ne se cachait plus, maintenant que Ben n'était plus là.

— Les mortiers vont y arriver, a dit Sam. Il paraît que leurs boulets peuvent retomber à plus de 5000 verges.

— Québec n'a aucune chance, a dit Ti-Poil en riant. Et si ça ne marche pas, on va les affamer.

De notre côté, la faim ne nous menaçait pas. Des provisions étaient apportées à bord régulièrement : de la viande fraîche, de bœuf et de porc, de la bière et du pain. Aucun de nous n'avait jamais faim.

— Ils vont se rendre à la minute même où leurs ventres vont se mettre à gargouiller, a ajouté Ti-Poil.

— N'oublions pas que leurs navires d'approvisionnement ne peuvent pas remonter le fleuve jusqu'à eux, a ajouté Tom. Et quand nos navires auront jeté l'ancre en amont de la ville, ils ne pourront plus rien recevoir de Montréal non plus.

— Ils devront marcher et marcher encore, a conclu Ti-Poil en grognant.

On verra bien, me suis-je dit en fermant les yeux. J'ai rêvé d'une pétarade ou, du moins, je croyais que c'était un rêve jusqu'à ce que quelqu'un crie :

— Tout le monde sur le pont!

J'avais entendu le tambourinement des pas des hommes qui se rendaient à leurs postes. Je les ai rejoints. Mais une fois sur le pont, mon élan a été freiné et je suis resté figé d'horreur quand j'ai vu ce qui se dirigeait vers le *Pembroke*. On aurait dit que le fleuve s'était embrasé dans toute sa largeur et que ces flammes venaient vers nous!

— Les canots! a crié un officier. Apportez des cordages et des grappins!

Ces mêmes ordres retentissaient de tous les côtés, à bord. Nous nous sommes démenés pour mettre les canots à l'eau et prendre ce qu'il fallait pour combattre ces monstres flottants.

— Maudits Français et leurs brûlots! a grommelé

Tom. Voilà qu'il faut aller touer ces saletés. Jamais le temps de se reposer, ici!

Cinq brûlots nous ont dépassés. Des étincelles emportées par le vent menaçaient de mettre le feu à nos vaisseaux de guerre. Des dizaines d'autres petites embarcations, dont la mienne, tentaient de contrer l'attaque des Français en attrapant les brûlots et en les touant pour les amener s'échouer sur la rive. Les yeux me piquaient à cause de la fumée, et je sentais sur ma peau la chaleur intense des flammes qui s'élevaient dans le ciel. On se serait cru en enfer.

Nous devions nous approcher le plus possible des brûlots, puis les attraper en lançant des grappins. Le vent et la force du courant rendaient la tâche difficile et je ne savais pas si j'allais y arriver. Debout à la proue du canot, un grappin dans les mains, je sentais le poids du devoir peser sur mes épaules. Si je manquais mon coup et que les brûlots se rendaient jusqu'à notre flotte, nos hommes risquaient d'être brûlés à mort.

Je me suis alors rappelé l'incendie de Halifax, la nuit où j'avais tenté de sauver Ti-Poil. Et, je ne sais par quel miracle, je n'ai pas manqué mon coup. Beaucoup d'eau avait coulé sous les ponts depuis cette nuit-là!

Quelques-uns d'entre nous ont souffert de brûlures plus ou moins graves, mais nos navires n'ont subi aucun dommage. Plus tard, nous avons conclu que les Français avaient raté leur manœuvre. Les brûlots peuvent être des armes mortelles sauf que, cette fois, l'ennemi les avait allumés trop tôt. Leurs radeaux incendiaires avaient soit coulé, soit été toués jusqu'à la rive.

— On les a eus! ai-je dit par la suite. Nous avons été vraiment chanceux!

Puis le souvenir de Ben et de son malheureux destin a surgi dans mon esprit. Ce n'était pas un compagnon très agréable, mais de là à se faire transpercer par une flèche... Personne ne mérite un tel sort.

— Celui qui est destiné à mourir noyé ne peut pas périr brûlé, a dit Gueule-Rose avec entrain.

— Nous serons vraiment chanceux si nous arrivons à avoir quelques heures de sommeil, a dit Ti-Poil en bâillant à s'en décrocher les mâchoires. Il va y avoir de l'action demain, maintenant que les Français ont engagé le combat.

Avant de m'endormir, j'ai repensé à notre journée et j'en ai consigné les événements dans mon journal.

Je ne suis pas du genre à prier tous les jours, sans faute, mais je crois sincèrement que, ce soir-là, c'est un miracle si nous avons eu la vie sauve. M. Cook a dit que c'était du bon travail de marins, purement et simplement. Mais je suis convaincu que ça tient surtout du miracle.

Chapitre 7
4 juillet 1759

Ti-Poil avait raison. La journée du lendemain a été riche en action. Il y avait des batailles sur la rive. On entendait les coups de mousquets, et l'air était rempli de fumée blanche. Le capitaine Wheelock nous a donné l'ordre de mettre à l'eau nos trois canots et d'aider à transporter à terre d'autres soldats. Cela fait, nous avons débarqué des armes à un endroit appelé la pointe de Lévis, où le principal campement de notre armée allait être installé. Nos camps sont vite devenus de véritables petites villes. L'ennemi nous tirait dessus, et nos vaisseaux ripostaient en bombardant de boulets de canon leurs campements, leurs tranchées et leur ville. La fumée blanche était emportée par la brise, et on entendait au loin les plaintes des blessés et les cris de victoire de nos marins canonniers quand un de leurs boulets touchait la cible et qu'un mur s'écroulait. Nous autres, du *Pembroke*, criions le plus fort!

Il y avait un campement britannique sur la rive sud, à Lévis, et un autre sur la rive nord, de l'autre côté d'une petite rivière qui se jette dans le Saint-Laurent en tombant d'une chute, qu'on appelle Montmorency. Les tentes étaient bien alignées, et des feux de camp crépitaient. Ici et là, du linge était accroché à sécher. Le plus surprenant pour moi était de voir le nombre de femmes qui s'y trouvaient. L'armée ne peut vraiment pas se passer de femmes, semble-t-il.

Notre navire et quelques autres ont remonté le fleuve et ont jeté l'ancre à la pointe ouest de l'île d'Orléans. L'armée du général Wolfe s'est mise à bombarder Québec sérieusement. Nos soldats chauffaient les boulets jusqu'à ce qu'ils rougeoient, puis les inséraient dans les fûts des canons. Nous observions les flammes s'élever dans le ciel et la fumée sortir des immeubles. Il n'y avait pas grand danger pour nous, même si les Français ripostaient. Si leurs boulets arrivaient trop près de nous, il nous suffisait de lever l'ancre, puis de la jeter un peu plus loin.

À un moment donné, nos navires ont réussi à mettre le feu à un petit vaisseau français. Sur le *Pembroke*, quelques matelots ont alors reçu l'ordre de descendre dans une de nos embarcations à fond plat. Nous avions pour mission de touer ce vaisseau français afin de l'éloigner de notre flotte. Heureusement, il n'y avait personne à bord, car les flammes montaient dans la mâture et le pont était envahi de fumée noire.

— À toi d'y aller, Jenkins, a ordonné Tom. Tu es le plus agile.

J'ai donc grimpé à la proue du navire et j'y ai accroché solidement un gros cordage. Je me suis arrêté un moment. Les flammes se propageaient rapidement, et j'ai prié pour ne jamais vivre une telle fin à bord du *Pembroke*. Quelle mort atroce! Puis j'ai sauté par-dessus bord. J'ai raté notre embarcation et je suis tombé à l'eau en faisant un gros « plouf ». Quand je suis revenu à la surface, tout le monde était plié en deux de rire.

— Pas le temps de chercher les sirènes, a lancé l'un, tandis qu'un autre faisait des bruits de baisers avec ses lèvres.

Peu m'importait. L'eau m'avait rafraîchi, et ramer de toutes mes forces afin d'éloigner le vaisseau français n'était pas si déplaisant que ça. Quand le vaisseau s'est échoué, nous l'avons laissé derrière nous, ainsi que notre cordage. Pas la peine de risquer sa vie pour un simple bout de corde.

La vie continuait à bord du *Pembroke*. Nous étions comme une ville flottante. Il y avait nos vaisseaux de guerre et les transports de troupes, mais aussi d'autres navires plus petits. Des chaloupes circulaient ici et là, transportant soldats et équipement. La nuit, des canots sortaient pour aller sonder les fonds très près de Québec. M. Cook était à bord. J'ai raté ces moments excitants, contrairement aux autres matelots. Les Français aimaient beaucoup tirer depuis la Haute-

Ville, même s'ils ne voyaient pas qui était en bas.

De temps à autre, un drapeau blanc était levé, du côté des Français ou du nôtre. Difficile à comprendre, puisque nous étions en guerre. Mais les officiers voyaient les choses autrement : ils tenaient à se parler poliment.

Ces jours d'été étaient très chauds et humides, mais sûrement pas autant que dans la ville de Québec où nos bombardements constants ont duré pendant des semaines. Et, même si les Français ripostaient à nos tirs de canons, il était clair que les incendies qui ravageaient la ville causaient d'immenses dommages. Un après-midi de la fin du mois de juillet, la rumeur s'est répandue que la cathédrale de Québec avait brûlé. Un grand cri de victoire s'est élevé parmi nos hommes, car la plupart des marins se méfiaient des catholiques.

Le dernier jour de juillet, une grande bataille a été livrée aux chutes Montmorency, non loin de Québec. Quelques jours auparavant, nous avions appris que les nôtres s'étaient emparés du fort Niagara. Ce serait peut-être une autre victoire, me suis-je dit tandis que nous observions la scène depuis la mâture du *Pembroke* qui, avec d'autres navires, devait couvrir l'armée de terre.

Puis le navire transportant nos soldats a touché le fond à quelque distance de la rive. Des bateaux plus petits ont alors amené à terre des centaines de soldats.

— Des grenadiers britanniques, nous a expliqué Tom, qui observait la rive avec sa longue-vue. Et des soldats du régiment Royal American. On va assister à de beaux combats, les gars!

— Avec ce qui s'en vient, ils feraient mieux de s'y mettre au plus vite, a dit Gueule-Rose.

De gros nuages noirs s'accumulaient au-dessus de nos têtes, et le tonnerre grondait.

Nous nous sommes passé la longue-vue pour observer nos soldats débarquant des bateaux et pataugeant dans l'eau. Une fois à terre, plutôt que de former leurs rangs, les grenadiers se sont précipités vers la falaise. Les canons du *Centurion* les ont couverts. Ils faisaient un bruit de tonnerre, mais les Français avaient l'avantage. Ils pouvaient facilement abattre nos hommes. Mon cœur s'est serré, à les voir tirer du haut de la falaise que les nôtres ne pouvaient absolument pas gravir. Ils tombaient par dizaines, et leurs habits rouges s'imbibaient de leur sang. Ils doivent se replier avant d'être tous morts, me suis-je dit.

À ce moment exact, un énorme orage a éclaté. Nous sommes redescendus sur le pont. Des éclairs striaient en zigzags les nuages noirs, et la pluie s'est mise à tomber de biais. Le vent nous fouettait et sifflait dans la mâture du *Pembroke*. On n'entendait plus les canons. Dans les deux camps, la poudre était trempée. Plus tard, nous avons appris que près de 450 de nos courageux soldats étaient morts ou blessés.

— Les officiers n'aiment pas le général Wolfe, nous a appris Davy quelques jours plus tard, tandis que nous réparions une voile.

De temps à autre, des écureuils nageaient depuis la rive et faisaient des trous dans la toile. Pire que des rats!

— D'où le tiens-tu? lui ai-je demandé.

— J'ai entendu des marins de la Marine royale en parler, a-t-il dit. Ses officiers pensent que nous n'aurions jamais dû attaquer les Français près de la chute. Le général Wolfe est tombé en disgrâce.

Peut-être est-ce la raison pour laquelle le général, en août, s'est plutôt intéressé aux fermes et aux villages qui bordaient le fleuve. Les soldats et une partie des marins ont reçu l'ordre de mettre le feu partout, et ils ont obéi. Pas un jour ne se passait sans que de la fumée noire s'élève dans le ciel. Quand le vent soufflait vers nous, nous pouvions en sentir l'odeur âcre. La chaloupe du *Pembroke* a reçu l'ordre d'aller prêter main-forte. Les marins de notre tablée pouvaient s'estimer heureux de rester à bord.

— Pas une tâche pour des matelots, a dit Gueule-Rose en secouant la tête. Aucun honneur à en tirer!

— On dit qu'il ne restera plus une seule maison

ni une seule grange debout, à la fin, nous a dit Tom au souper. Quant aux bestiaux, quand ils ne peuvent pas les emmener, ils les abattent et les laissent pourrir sur place.

— Il paraît que les Rangers sont les pires, a ajouté Ti-Poil d'une voix étranglée. Ou plutôt, les meilleurs.

— Que veux-tu dire? a demandé Davy en déposant sa cuillère.

— Ils scalpent les gens, a répondu Tom.

— Mais le général Wolfe a ordonné de ne plus le faire! a dit Davy en se grattant la tête, l'air de ne pas comprendre.

— Sauf s'il s'agit d'Indiens ou de Canadiens habillés en Indiens, ai-je expliqué. Dans ce cas, les Rangers peuvent en scalper autant qu'ils le veulent.

— Rien pour arranger l'humeur de l'ennemi! a répliqué Ti-Poil d'un ton sinistre. Et assez pour convaincre leurs hommes qu'ils auraient mieux fait de ne jamais mettre les pieds ici.

— Pour une fois, tu as raison, Ti-Poil, a grommelé Sam. C'est suffisant pour convaincre un homme d'y réfléchir à deux fois. Pas la peine de mourir pour ça.

Plus tard, j'étais sur le pont à contempler la nuit et je ne pensais plus aux paroles de Sam. Pendant tout le souper, on parlait de nuées de mouches voletant autour de carcasses en décomposition et de ce qui s'était passé après la capitulation du fort Niagara.

Un bon nombre de Canadiens, femmes, hommes et enfants, et de soldats français avaient été envoyés à New York. Mais d'autres n'avaient pas eu cette chance. On les avait remis aux mains des Iroquois qui avaient réclamé un nombre important de captifs à scalper.

Juste à y penser, j'en avais la chair de poule, et le moindre bruit me semblait suspect. Les eaux du fleuve étaient calmes, mais j'entendais quand même le bruit du courant qui léchait les flancs du *Pembroke*. De temps en temps, des gouttes d'eau tombaient dans le fleuve. *Ploc, ploc, ploc.* Puis il y a eu un gros plouf. Je me suis penché sur le bastingage et j'ai aperçu quelqu'un dans l'eau. J'ai pris une grande respiration afin de donner l'alerte. Mais à l'instant même, l'homme a tourné la tête vers moi, et j'ai reconnu Sam Le Tatoué. La seconde d'après, il avait disparu. Était-il tombé par-dessus bord? J'en doutais fort. Dans son regard, j'avais lu toute autre chose : il y avait pensé à deux fois et avait décidé de tenter sa chance en désertant. Quant à moi, j'étais toujours au service de Sa Majesté, mais je n'avais aucune intention de juger le geste de Sam.

— Un homme à la mer! ai-je crié. Sam Le Tatoué est passé par-dessus bord!

On n'a retrouvé personne. Le capitaine Wheelock m'a fait passer un interrogatoire serré, mais j'ai tenu bon : Sam était passé par-dessus bord. Était-ce intentionnel ou par accident ? Je ne pouvais le dire. On se rappelait avoir entendu Sam dire qu'il savait nager, mais le courant était fort. Finalement, M. Cook a inscrit au journal de bord : *Décédé le 25 août 1759 : Sam Le Tatoué Taylor.*

Le lendemain matin, les possessions de Sam ont été vendues à ceux qui avaient assez d'argent pour les acheter. Puis M. Cook a envoyé à terre ce qui restait de notre tablée afin d'aller bûcher du bois. Nous avons enfilé nos souliers (après des mois sans en porter, c'était une vraie torture pour nos pieds) et nous sommes montés dans le canot pour nous rendre à terre. Gueule-Rose, qui ne se sentait pas bien, est resté à bord et un certain Ed Parr a reçu l'ordre de le remplacer.

Une fois sur la berge, Tom est resté dans le canot, armé d'un mousquet bien en vue et le regard aux aguets. Davy, aussi armé, nous a suivis jusque dans le boisé où il a fait le guet tandis que nous travaillions. J'ai sorti ma longue-vue de ma poche et j'ai lentement scruté la surface du fleuve, à la recherche de canoë. N'en ayant vu aucun, j'ai déposé ma longue-vue sur une souche et j'ai pris ma hache. Mieux valait ne pas penser à ce qui pouvait ramper dans l'ombre, tout autour de nous et se contenter de travailler. C'est ce que nous avons fait, suant à grosses gouttes. Finalement, à la brunante, Tom nous a donné l'ordre d'arrêter de travailler.

— Je crois que nous en avons assez, a-t-il dit tandis que nous retournions vers notre canot. Une bûche de plus, et l'un de nous sera obligé de retourner à la nage à bord du *Pembroke*.

— La longue-vue de mon père! me suis-je soudain exclamé. Je l'ai laissée là-bas!

Je la voyais dans ma tête, là où je l'avais déposée, sur la souche.

— Si tu ne fais pas vite, c'est *toi* qui rentreras à la nage, Jenkins! a dit Ed d'un ton taquin.

Je me suis dépêché. J'entendais Ed ronchonner avec bonhomie contre les matelots qui oublient leurs affaires. Mais je pensais que mon dos ferait une cible parfaite pour y planter une flèche bien tirée. Je voyais cette flèche bien fichée entre mes omoplates. C'est alors que j'ai entendu Ed hurler.

J'ai couru, oubliant complètement ma longue-vue. Pas vers l'intérieur du boisé, mais vers l'orée, incapable de faire autre chose que de me précipiter vers les bruits de tirs de mousquets, les cris des Indiens, les hurlements d'Ed et mes camarades qui criaient : « Ramez! Ramez! ».

Ed se traînait sur la berge, le crâne fendu en deux et le visage ensanglanté. Un guerrier qui hurlait tenait le scalp d'Ed dans sa main couverte de sang et l'agitait triomphalement en projetant dans toutes les directions des gouttes de sang qui retombaient ensuite sur le sable. En arrière-plan de cette scène atroce, on voyait notre canot, avec les hommes qui ramaient de toutes leurs forces vers le large. J'étais coincé.

— Cours, William! a crié Ti-Poil. Cours, sinon les sauvages vont te faire cuire vivant!

J'ai couru. J'ai fui en laissant derrière moi le bruit du crâne d'Ed qu'on réduisait en bouillie à coups de massue et notre canot qui aurait dû nous sauver. J'ai fui, poursuivi par des guerriers martelant le sol de leurs pieds chaussés de mocassins. J'ai couru jusqu'à être à bout de souffle et à en avoir un point de côté. Malgré cela, j'ai continué de courir, le visage fouetté au passage par les branches. Puis j'ai entendu un tir de mousquet. D'abord, je n'ai rien senti. Puis une douleur a irradié dans ma jambe. Mon bas était trempé de sang. J'ai chancelé, trébuché, puis je suis tombé. Je revoyais dans ma tête le crâne fracassé d'Ed. Puis quelqu'un a empoigné ma chevelure et m'a renversé la tête vers l'arrière. J'ai senti le contact du métal froid, puis la douleur cuisante de la lame qui entamait ma peau.

— *Akwi!*

C'était un Indien, mais *pas* un vrai, qui avait parlé avec un ton d'urgence. Un Canadien, me suis-je dit, malgré mon état de terreur absolue. La milice! Réclamait-il qu'on me laisse la vie sauve? Si oui, j'étais prêt à lui souhaiter toute la bonne fortune du monde. Un Indien m'a menacé de son tomahawk, et j'ai senti mes yeux sortir de ma tête, tant j'étais terrorisé. J'ai levé les bras pour me protéger.

— Debout! a dit le Canadien dans un anglais acceptable. Debout avant que je change d'avis et que je te laisse aux mains des *sauvages*.

— Laisse-le aux Abénaquis, a dit un autre Canadien d'un ton insouciant. Ils ont besoin d'avoir des trophées de guerre, même minables comme celui-ci.

— Non, mon ami! a dit le premier. (Son visage devenait flou à cause du sang qui brouillait ma vue.) Celui-là, on l'emmène aux officiers. On va le cuisiner un peu, peut-être même lui appliquer un tison rougeoyant à des endroits particulièrement sensibles. Il finira bien par parler.

— Es-tu un déserteur? m'a demandé l'autre Canadien. Dans ce cas, tu as intérêt à nous dire ce que tu sais, et tout ira bien pour toi.

Les paroles de Ben me sont revenues à l'esprit : *Si jamais tu te fais capturer, fais tout ce qu'il faut pour survivre.* Puis je me suis rappelé ce que M. Cook avait dit : *Sans l'honneur, la vie n'a pas de sens.* Je ne savais pas lequel des deux avait vraiment raison. Mais je savais ce que je devais dire.

— Je ne suis pas un déserteur, ai-je répondu. Je

suis un loyal sujet du roi George. Vive le Roi!

Puis j'ai vomi exprès sur les pieds de mon ravisseur.

Un des deux miliciens a alors bandé ma jambe avec un foulard crasseux, puis ils m'ont fait avancer dans le boisé. Les branches basses des arbrisseaux me fouettaient le visage et les jambes. Puis nous avons débouché sur une petite clairière au bord de l'eau, où des Indiens attendaient. Je savais qu'ils devaient être abénaquis. Ils me regardaient d'un air mauvais tandis que les deux Canadiens leur parlaient dans leur langue. J'avais le regard rivé sur le sol. Des moustiques nous tournaient autour, aussi assoiffés de sang que ces hommes qui m'avaient capturé.

— Nous allons attendre jusqu'à l'aube avant de t'emmener, a dit un des Canadiens. Tâche de ne pas mourir entre-temps, loyal sujet du roi d'Angleterre.

Je me suis donc assis par terre. La nuit passait lentement, et ma jambe m'élançait. J'ai prié pour que des secours m'arrivent, même si je savais que c'était impossible. Envoyer des hommes dans la forêt en pleine nuit aurait été de la pure folie.

J'ai fini par m'endormir, mais il m'a fallu longtemps pour y arriver, car je craignais qu'on m'assassine. Les Abénaquis m'avaient regardé d'un air menaçant. La forêt résonnait du chant des insectes de la nuit. Mais dans ma tête, ils étaient couverts par les horribles hurlements d'Ed quand on l'avait scalpé. Était-ce le sort qui m'attendait?

Finalement, au lever du soleil, on m'a ordonné de me lever, et nous nous sommes dirigés vers la berge. Trois canoës y étaient cachés dans les broussailles. Les Abénaquis les ont transportés jusqu'au bord de l'eau. On m'a fait signe d'embarquer. Je voyais des lampes encore allumées à bord du *Pembroke* et aussi d'autres navires. Me croyaient-ils mort? Quelqu'un me regrettait-il parmi eux? Mes maigres possessions et mon journal intime étaient-ils mis en vente en ce moment même au pied du mât?

Les canoës, propulsés par les coups de pagaies bien rythmés des Abénaquis, glissaient sur l'eau presque sans bruit. Le *Pembroke* était de plus en plus loin derrière nous tandis que nous nous approchions de ce qui restait de la Basse-Ville de Québec. Quand nous sommes entrés dans un petit havre, il faisait assez clair pour que je puisse voir les dommages causés à la ville. Pas un seul bâtiment n'était intact, les uns ravagés par le feu et les autres réduits en un amas de décombres. L'air empestait la pourriture et la cendre. Mais plus encore, l'endroit sentait le désespoir. Les rues étaient encombrées de débris, de meubles brisés et de livres aux pages détrempées par la pluie. Une poupée de chiffons, la tête arrachée, gisait sur les pavés. Et encore une fois, tout ce que j'avais dans la tête était le souvenir du pauvre Ed et de sa mort atroce. Un chien, la queue entre les jambes, errait en quête de nourriture. *Je sais ce que tu ressens*, me suis-je dit en moi-même.

Il y a eu un gros éclair, puis un autre et encore un autre. Nous nous sommes tous retournés, et j'ai alors entendu le bruit de tonnerre des canons et des mortiers britanniques qui tiraient depuis la pointe de Lévis. Un des Canadiens a juré en français et traité les Britanniques de tous les noms.

Nous avons laissé les Abénaquis derrière nous. Ils n'étaient probablement pas admis dans l'enceinte de la ville et ils retourneraient à leur campement. Nous avons gravi le promontoire en passant par les rues étroites et escarpées, puis en empruntant un passage qui débouchait sur la Haute-Ville. À chaque pas, ma jambe élançait douloureusement. Sous le bandage, le sang suintait et coulait jusque dans mon soulier. Pendant tout ce temps, notre position était des plus dangereuses, car les boulets tombaient sans cesse. Les plus gros pesaient 32 livres, et si l'un d'eux venait à nous toucher, nous serions réduits en mille morceaux. Et si les artilleurs décidaient de charger les canons de pièces de tôle et de ferrailles diverses, nous étions bons pour être déchiquetés en mille morceaux. J'en avais mal au ventre juste d'y penser. C'est alors qu'un boulet de canon a frappé le mur d'un bâtiment. Des éclats de pierre ont volé dans tous les sens. Je suis tombé à la renverse. Mes oreilles sifflaient et mon cœur battait à tout rompre. Un Canadien m'a remis debout, sans se préoccuper du sang qui coulait sur sa joue égratignée par un éclat de pierre. Un de ses camarades gisait immobile au milieu de la rue. Les autres ont ramassé son corps, et nous sommes repartis. Je ne pouvais m'empêcher de le fixer du regard. Ç'aurait pu être moi, me suis-je dit. J'aurais pu perdre la vie ainsi en une fraction de seconde, à cause d'un seul boulet!

En approchant de la porte de la ville, je voyais les silhouettes des soldats qui faisaient le guet, au haut de la muraille. Ils nous ont salués, et les Canadiens leur ont rendu la politesse. Puis nous sommes passés par les rues pleines de décombres. Chaque fois qu'un boulet tombait, nous avions tous un mouvement de recul, puis nous nous retournions pour présenter notre dos aux éclats de bois et de pierres qui nous pleuvaient dessus. L'air s'est rempli de poussière et de fumée, et mes yeux se sont mis à piquer et à couler. Puis je me suis mis à tousser et à renifler, et un de mes ravisseurs a ricané. Il devait penser que je pleurais, mais je m'en fichais et n'ai rien dit.

Finalement, nous nous sommes arrêtés devant une petite redoute où des soldats français montaient la garde. Leurs habits blancs étaient crasseux et leurs visages étaient sans expression.

— Holà, qui va là? a demandé une grosse voix.

Deux hommes se tenaient dans l'ombre, à l'intérieur du poste de garde. L'un d'eux, un officier, s'est avancé sur le seuil. J'allais apprendre par la suite que ce Français était à la tête de la milice canadienne.

— Un Anglais, capitaine Vergor, a dit l'un des mes ravisseurs.

— Un déserteur britannique? a demandé le capitaine en m'examinant de la tête aux pieds. Bienvenue à Québec, monsieur le Déserteur.

— Je ne suis pas un déserteur, monsieur. Ces hommes m'ont fait prisonnier.

— Comment t'appelles-tu? a-t-il demandé.

— William Jenkins, du HMS *Pembroke*, monsieur, ai-je répondu.

Et il a poursuivi de la sorte, en m'interrogeant à propos de notre vaisseau et de ses officiers, du rôle que nous avions joué dans la bataille et des plans de Wolfe.

— Le général ne se confie pas à moi, monsieur, ai-je répondu en toute honnêteté. Je suis un simple matelot.

— Simple et inutile, a soupiré le capitaine.

— William Jenkins, as-tu dit? m'a apostrophé un homme tapi dans l'ombre.

— Oui, William Jenkins du HMS *Pembroke* et auparavant de Halifax, ai-je rétorqué effrontément.

— Intéressant! a-t-il dit.

Je crois que je l'ai entendu ricaner tandis qu'il penchait la tête de côté et se grattait le menton, comme s'il réfléchissait sérieusement. Puis il m'a semblé qu'il souriait.

— Vergor, je vais vous débarrasser de ce prisonnier sans aucune utilité, a-t-il dit.

— Et pourquoi le permettrais-je? a dit Vergor. Il s'agit d'un simple matelot, et seuls les officiers anglais peuvent obtenir le privilège de circuler dans la ville. Tu le sais très bien. Il ne nous est peut-être d'aucune utilité, mais il pourra toujours nous servir de monnaie d'échange pour récupérer un de nos soldats.

— Il a déjà été un *genre de capitaine*, a dit l'homme. Je le jure sur les sandales de saint Gentien, patron des aubergistes et taverniers.

Le capitaine Vergor a ri très fort, à s'en plier en deux et à s'en taper les cuisses. Puis il s'est arrêté et a essuyé ses yeux.

— Le saint patron des aubergistes! a-t-il dit. Comment fais-tu pour garder ton sens de l'humour, mon jeune ami, après tout ce qui est arrivé? Bon, d'accord, je te le confie. (Puis il a parlé d'un ton plus sérieux.) Mais ça va barder pour toi si ton « genre de capitaine » venait à s'évader. Compris? Et il va travailler. Par les sandales, la robe, la barbe et la tonsure de ton saint Gentien, il va travailler. Il y a assez de décombres à nettoyer!

Ils se sont salués tous les deux, puis le capitaine est parti. Je l'entendais rire et marmonner à propos de saint Gentien tandis qu'il s'éloignait en faisant claquer ses souliers cloutés sur les pavés.

— Allez-vous m'interroger et me faire de fausses promesses de liberté? ai-je demandé à mon nouveau geôlier.

— Pas du tout, a-t-il répondu.

— Alors que voulez-vous? ai-je rétorqué.

— Je te veux, toi, William Jenkins.

Comme je ne disais rien, il a poursuivi.

— Tu vas être cantonné chez un ami de ma famille jusqu'à ce que l'armée décide de ton sort. Et tu vas travailler. Ça, je peux te l'assurer. Ce ne devrait pas être trop désagréable, même s'il n'y a pas de glacière où aller voler de la glace. Nous nous sommes souvent demandé ce que tu étais devenu.

— Quoi? ai-je rétorqué, incapable d'en dire davantage.

— J'ai dit qu'il n'y a pas de glacière chez mon patron, a-t-il dit. Pas de jardin surélevé garni de beaux gros choux non plus. Le siège y a vu. Mais il y a de l'amitié et de l'aventure à la clé… si tu te comportes honorablement, capitaine Rosbif.

Une seule personne connaissait ce surnom. Mon interlocuteur s'est avancé d'un pas, et son visage s'est éclairé, de même que la croix en os de baleine suspendue à son cou.

Je regardais fixement la tache de naissance sur sa

joue.

— Vairon? ai-je murmuré.

La tache de naissance s'était étendue, mais elle avait toujours sa forme de poisson. Il a souri et m'a fait une petite révérence.

— En personne! a-t-il dit.

— Mais qu'est-ce que tu fais là? ai-je demandé. Et tes parents? Mon père et moi, nous nous sommes demandé si vous aviez été déportés avec tous ceux de Louisbourg.

Vairon a levé les mains pour me faire taire. Ses poignets de dentelle, en retombant, ont dégagé ses mains, et j'ai vu qu'il ne restait plus que le pouce et l'index à sa main droite. Quant aux doigts de sa main gauche, ils formaient une seule masse, fusionnés par une horrible cicatrice visiblement causée par le feu. D'un geste étrange, il a pris son mousquet.

— Chaque chose en son temps! a-t-il dit. Mon histoire sera plus agréable à raconter au coin du feu que dans une prison. Mais tu dois me donner ta parole.

— À quel sujet? ai-je demandé.

— Que tu ne tenteras pas de t'évader de Québec et que tu vas te comporter comme un gentilhomme et en tout bien tout honneur, a-t-il répondu.

J'ai hésité. J'avais le devoir de m'échapper et, si c'était impossible, je devais causer le plus de dommages possible dans le camp de l'ennemi. Les paroles de

M. Cook me sont revenues à l'esprit, comme pour me tourmenter davantage : *Sans l'honneur, la vie n'a pas de sens.*

Y avait-il un moyen de causer des dommages aux Français tout en agissant en tout bien tout honneur? Je ne voyais pas comment.

— Je te donne ma parole, ai-je dit à Vairon. Je le fais en mémoire de notre amitié et de ton offre d'hospitalité. Je vais me conduire en tout bien tout honneur et je ne tenterai pas de m'évader. Mais je le fais à regret. Pour ce qui est d'agir en gentilhomme, je dois t'avouer honnêtement que c'est impossible. D'ailleurs, tu sais parfaitement bien que je ne suis pas un gentilhomme.

— Comment ai-je pu l'oublier? a-t-il dit. Le capitaine Rosbif a toujours été un scélérat.

Une fois de plus, c'était suffisant pour pouvoir s'entendre.

À l'aube, nous avons quitté la redoute et nous nous sommes dirigés à pied vers la Haute-Ville, Vairon en marchant normalement et moi, en boitant. Les habitants que j'ai pu apercevoir étaient maigres et fatigués. Seuls les enfants semblaient peu affectés par le siège. Comme les adultes, ils étaient amaigris, mais ils jouaient et couraient partout, comme s'ils ignoraient totalement que la plus grande armée du monde, régnant tant sur les mers que sur les continents, était aux portes de la ville.

Partout, on voyait les ruines de ce qui avait jadis été une ville magnifique. Les vitres, qui coûtent si cher, étaient brisées et leurs éclats jonchaient maintenant les pavés des rues. Les toits avaient perdu leurs tuiles d'ardoise et les murs des bâtiments présentaient souvent de grands trous béants.

Nous nous sommes finalement arrêtés devant de grandes écuries. Les murs de pierres étaient encore intacts et le toit n'était pas trop endommagé. L'endroit sentait le crin de cheval et le crottin, même s'il n'y avait plus un seul cheval à l'intérieur. Les officiers français avaient sans doute gardé leurs chevaux, mais presque tous les autres avaient probablement été mangés. Il y avait quelques tables et des chaises occupées par des soldats qui buvaient et parlaient entre eux. Au fond de la salle, il y avait un foyer. Un homme mince, d'un certain âge, y coupait de vieilles carottes à mettre dans un chaudron de soupe.

— M. Fidèle, je vous présente William Jenkins, lui a dit Vairon. C'est un matelot anglais, et nous devons le prendre avec nous et lui faire retirer les décombres des rues.

M. Fidèle m'a regardé durement.

— Si je le fais, c'est seulement parce qu'on va me payer en retour, a-t-il dit. Personnellement, j'aimerais mieux te voir moisir en prison.

Plus tard ce soir-là, Vairon m'a raconté ce qui lui était arrivé.

— Nous avons quitté Louisbourg dès que la guerre a été déclarée, a-t-il dit. Mes parents sont sains et saufs à Montréal. Mais pour M. Fidèle, c'est une autre histoire : sa taverne a été détruite lors d'un bombardement, en juillet.

Il a baissé les yeux et regardé ses mains déformées. Je l'imaginais en train de combattre l'incendie, criant à l'aide tout en se frayant un passage à travers la charpente en flammes.

— Je devrais remercier Dieu de m'avoir épargné, semble-t-il. Mais tant pis pour mes mains qui ne l'ont pas été. Je fais partie de la milice, mais ne suis d'aucune utilité pour les combats. Ainsi va la vie!

— Je suis peiné pour toi, ai-je dit, me sentant impuissant.

— Moi de même, pour la mort de ton père, a dit Vairon. Nous étions amis et je ne l'ai pas oublié.

— Moi non plus, ai-je dit en toute sincérité. Même si, maintenant, je suis ton prisonnier.

Et nous avons tous les deux éclaté de rire.

Chapitre 8
28 août 1759

Ma captivité à Québec était bizarre, mais cela valait mieux que d'être traité en esclave par les Abénaquis. Ma blessure guérissait bien. La balle avait traversé les chairs sans toucher l'os. Mais ma jambe me faisait encore beaucoup souffrir, et je boitais énormément, d'autant plus que, chaque jour, je devais pousser une brouette en bois depuis l'arrière des écuries jusque dans la rue où se dressait autrefois la maison de M. Fidèle. Je ramassais les éclats de verre avec un balai et je pelletais les autres débris. À mains nues, je remplissais la brouette d'éclats de pierres et de tuiles d'ardoise. Personnellement, je ne voyais pas l'utilité de cette corvée, car chaque nuit, les canons des Britanniques faisaient encore d'autres dégâts. Mais M. Fidèle semblait en retirer une certaine satisfaction.

— Je tiens à ce que ce soit nettoyé, a-t-il crié, toujours depuis le seuil des écuries.

Il avait l'intention de reconstruire sa maison quand les Britanniques seraient repartis. Le soir, étendu dans le grenier à foin où nous avions fait nos lits, je me disais parfois que la guerre avait peut-être fait perdre un peu la raison à M. Fidèle.

Fou ou pas fou, ça ne l'empêchait pas de toujours trouver des courses à nous faire faire. Il avait sans cesse besoin de ceci ou de cela : du tabac, de l'eau-de-vie, de la saucisse, toutes choses que Vairon se procurait auprès des soldats. Il s'approvisionnait aussi auprès des domestiques des gens riches en marchandises sans doute volées. Puis il vendait tout cela à l'un et à l'autre, ce qui expliquait en partie sa popularité. Le fournisseur préféré de Vairon était le gouverneur général Vaudreuil.

— Toutes ces choses ne lui manqueront pas, a dit Vairon. Et si oui, tant pis pour lui. Comme scélérat, Vaudreuil est bien pire que le capitaine Rosbif!

— La chose est-elle possible? ai-je répliqué.

— Assurément! a répondu Vairon. Vaudreuil et Bigot, son cochon d'intendant, pillent le Canada depuis des années. Ils se sont approprié toutes les marchandises arrivant à Québec, et les prix qu'ils en demandent sont scandaleux.

— Cent fois pire que le capitaine Rosbif, en effet, ai-je ajouté.

Nous allions par les rues, Vairon portant son mousquet dans ses bras. Il ne pouvait pratiquement plus tirer, mais ne pas l'emporter lui semblait tout à fait impensable. C'est lors d'une de ces courses que nous sommes tombés sur des gens faisant la queue de chaque côté de la rue. Tout le monde se saluait, un vieux pleurait de joie, et des femmes soulevaient leurs petits à bout de bras pour qu'ils puissent voir ce qui se passait d'extraordinaire. Du moins, ce devait être extraordinaire, à voir l'excitation de tout ce monde. Et ce devait l'être, même si tout ce que je voyais, c'était une file de soldats français marchant au pas derrière un homme à cheval.

— Le général Montcalm! s'est alors exclamé Vairon. Il a une maison ici, dans la Basse-Ville, où il a habité pendant un moment. Ces jours-ci, il est tout le temps à son quartier général de Beauport. Peut-être est-il venu à Québec pour un conseil de guerre.

C'était un homme d'un certain âge, portant une perruque blanche surmontée d'un tricorne. Il avait l'allure d'un aristocrate, même s'il saluait de la main et souriait. Son sourire trahissait une certaine lassitude. Les gens le voyaient manifestement comme leur sauveur. Les cris de joie ne faisaient que s'amplifier tandis que la foule le suivait.

— On raconte qu'il est dans l'armée depuis un très jeune âge, a dit Vairon.

— On dit la même chose du général Wolfe, ai-je rétorqué tout en regardant Montcalm s'éloigner.

Et si Wolfe et Montcalm s'étaient rencontrés quand ils étaient jeunes, comme Vairon et moi?

Les choses seraient-elles différentes aujourd'hui? Mais c'était une question idiote, et nous n'avions pas fini nos courses. Nous avions encore beaucoup de chemin à faire. J'ai chassé cette pensée de mon esprit.

Je devais aussi m'employer à écouter ce qui se disait dans la ville. Les écuries de M. Fidèle étaient le meilleur endroit pour le faire. Il avait son métier d'aubergiste dans le sang. Il ne lui avait donc fallu guère de temps pour y ouvrir une taverne. Tout comme Mme Walker, il fabriquait lui-même sa bière d'épinette, mais elle était encore plus mauvaise. Pourtant, ceux qui fréquentaient la taverne semblaient l'aimer.

L'armée était à court de provisions de bouche, malgré les approvisionnements arrivés de Montréal par voie de terre. Aussi, de nombreux soldats achetaient de quoi manger à M. Fidèle qui leur fournissait un maigre bouillon d'anguille. Afin d'éviter les balles de l'ennemi, Vairon sortait la nuit, à marée basse, pour vérifier ses prises dans les bourdigues qu'il avait fabriquées avec des piquets et des branches entrelacées à l'anse au Foulon. À marée basse, il pouvait facilement se rendre à ses pêches et y ramasser les anguilles pour faire la soupe de la taverne.

En réalité, selon moi, tous ces hommes venaient

à la taverne pour se divertir. M. Fidèle était non seulement aubergiste, mais aussi musicien. Son instrument était un drôle de truc appelé un hurdy-gurdy. Ça ressemblait à une guitare, mais avec une grosse caisse arrondie, des cordes et une manivelle. M. Fidèle trouvait ce mot anglais idiot.

— Un *hurdy-gurdy!* s'est-il moqué. On devrait dire « une vielle à roue », comme en français, c'est-à-dire une sorte de violon avec une manivelle.

— Et pourquoi? lui ai-je demandé. Le nom anglais me semble tout à fait correct.

Vairon a ricané, puis a dit :

— Parce que, à nos oreilles, le mot *hurdy-gurdy* sonne comme une insulte à ce bel instrument. On m'a raconté que hurdy-gurdy sous-entendait « se trémousser l'arrière-train ». C'est peut-être faux, mais ça fait une bonne histoire à raconter.

Dans la taverne de M. Fidèle, l'air devenait bleu de fumée à cause des hommes qui fumaient leurs pipes en terre en écoutant la musique grinçante de la vielle. Et encore plus important pour moi : les langues se déliaient de plus en plus. J'écoutais un peu tout le monde, puis je recollais les morceaux au mieux de ma connaissance. Bougainville, l'aide de camp de Montcalm, continuait de patrouiller sur la rive nord du fleuve, en amont de Québec. Le gouverneur général Vaudreuil et le général

Montcalm se détestaient, et tout le monde détestait l'intendant Bigot. Quant aux Britanniques, Wolfe avait pratiquement abandonné son campement de Montmorency, au début de septembre. Ses troupes y avaient incendié toutes les maisons, puis étaient reparties. Maintenant, il s'était emparé de la pointe de Lévis, défendue par presque toute la flotte britannique. Les Français avaient fait de leur mieux pour repousser les navires britanniques, mais ceux-ci avaient quand même réussi à passer Québec.

— Tu veux savoir ce que je pense? m'a dit Vairon tout en essuyant une table. Peu importe l'endroit où votre flotte jette l'ancre, vous ne nous aurez pas! D'ailleurs, votre général Wolfe ne va pas bien. Apparemment, il souffre de fièvre.

— Mauvais pour nous, ai-je dit.

Il pleuvait à verse depuis quelques jours, et cette première semaine de septembre était horrible. J'avais pour tâche de nettoyer la boue laissée par les clients qui entraient.

— Par contre, depuis un certain temps, il est question d'une attaque, a dit Vairon. Mais on raconte que le général Montcalm ne se porte pas bien non plus. Imagine la scène : deux généraux croisant le fer tandis que leurs aides de camp tendent des cuvettes pour qu'ils puissent vomir dedans.

— Pas joli du tout! ai-je répliqué en appuyant sur chaque mot.

Vairon semblait avoir deviné quelque chose dans le ton de ma voix, car il s'est retourné pour regarder vers l'entrée. Mais c'était autre chose qui l'avait intrigué, ou plutôt quelqu'un d'autre. Un homme de grande taille se tenait sur le seuil. Il a donné un message à M. Fidèle.

— Il va y avoir un échange de prisonniers, a dit M. Fidèle à Vairon. Les Anglais nous retournent un de nos braves soldats. Demain, tu emmèneras celui-ci au capitaine Vergor, aux nouveaux baraquements. Tu m'entends, nigaud?

— Oui, monsieur, a répliqué Vairon.

Je fixais l'homme des yeux. Depuis qu'il avait mis les pieds dans la taverne, il n'avait pas cessé de m'examiner.

— Eh bien, matelot! a dit Sam Le Tatoué en souriant, mais d'un sourire glacial. Je n'aurais jamais cru te trouver ici. As-tu déserté le *Pembroke* ou es-tu un espion?

— Salut matelot! ai-je répondu calmement. Ni espion ni déserteur. Simplement prisonnier.

Il faisait sombre, mais je pouvais quand même lire dans ses yeux. J'y voyais de la méfiance et pas une once de culpabilité. C'était lui, le déserteur. Mais qu'avait-il fui exactement? Était-il un matelot américain, un soldat du roi ou un Indien? Il avait échappé à une première vie, avait été projeté dans une seconde, puis ramené à la première contre sa volonté. J'étais bien mal placé pour le juger.

— Eh bien, ça peut arriver à tout le monde! a-t-il dit. Maintenant, tu vas retourner d'où tu viens. On va bien t'accueillir à bord du *Pembroke*.

— Tu le serais tout autant, Sam, ai-je dit. Après tout, tu es simplement passé par-dessus bord. Un banal accident. D'ailleurs, ton nom n'a pas été marqué de noir sur le rôle d'équipage.

Il fallait l'entendre rire!

— Passé par-dessus bord, hein? a-t-il fini par dire. Jenkins, je te souhaite bonne chance. Tu ne m'as pas trahi, et ça mérite quelque chose. Je te souhaite de survivre à cette guerre, de retourner à Halifax et de vivre une bonne et longue vie.

J'aurais pu lui en dire autant, mais je ne l'ai pas fait, car, contrairement à moi, Sam était bel et bien un déserteur. Si les Britanniques le capturaient, il serait exécuté. S'il retournait chez les Abénaquis, il serait banni du monde des Blancs. Selon moi, il n'allait pas vivre une bonne et longue vie.

— Bon vent à toi, Sam! lui ai-je souhaité.

Ce soir-là, j'ai eu du mal à dormir. Je n'arrêtais pas de penser à mon retour à bord du *Pembroke* et je me disais que c'était un sacré coup de chance d'être ainsi échangé comme prisonnier. Bien sûr, c'était arrivé à quelques reprises depuis le début du siège. Un drapeau blanc était hissé, et la bataille cessait. Des officiers ou leurs mandataires se rencontraient et discutaient poliment d'une entente, puis les prisonniers réintégraient chacun leur camp. Un jour, un officier avait été fait prisonnier et emmené à l'hôpital à Québec. Après entente, ses vêtements et son couchage avaient été apportés dans la ville. Aussi civilisé et aussi simple que cela!

La journée du lendemain, le 12 septembre, s'annonçait très chaude et humide comme tout le reste de l'été. Un peu après l'aube, Vairon et moi avons quitté les écuries et avons marché par les rues tranquilles de la ville. Nous n'avons pas dit un mot. J'avais l'impression que Québec retenait son souffle, tout comme moi.

Je ne voyais pas le *Pembroke*, mais je savais qu'il était là, à l'ancre sur le fleuve, et que je serais bientôt de retour à son bord. S'il existait un saint patron ou une sainte patronne pour cela, j'étais prêt à le ou la remercier mille fois. C'est donc le cœur léger que je suis passé devant les gardes et que je suis entré dans les baraquements avec Vairon. Et c'est avec le cœur encore plus léger que je l'ai suivi dans le couloir, jusqu'à une petite pièce où le capitaine Vergor et un autre homme attendaient debout. Puis je me suis senti chanceler, car l'autre homme était Ben Fence, dit Le Bostonien. Les fantômes allaient-ils bientôt cesser de réapparaître soudainement dans ma vie?

Il avait beaucoup changé depuis que je l'avais vu se faire toucher par une flèche et tomber dans l'eau. Il avait probablement gagné la rive et y avait été aussitôt fait prisonnier. Il avait perdu son allure de fanfaron et, maintenant, il avait les épaules tombantes. Il avait les cheveux en broussaille et le regard éteint. Quoi qu'il lui soit arrivé depuis le jour de sa capture, j'avais devant moi un homme brisé. Mais on sentait encore la colère bouillir en lui, comme avant. Je ne l'avais jamais aimé, mais il était là, et je devais avouer que cela me faisait un peu plaisir.

— Tu avais la couenne trop dure pour en mourir? lui ai-je dit.

Il a tourné les yeux vers moi et m'a dévisagé d'un regard vide.

— C'est à croire que Ben Fence le Bostonien était trop fort pour les Indiens, ai-je poursuivi. C'est moi, Ben : William Jenkins.

— Jenkins? s'est-il étonné.

— Oui, Jenkins du *Pembroke*, ai-je poursuivi. Je vais être échangé contre un autre prisonnier et j'en bénis le Ciel.

Le capitaine Vergor s'est alors éclairci la voix, puis a dit :

— Il y a eu une erreur, comme je vous l'ai dit, monsieur Fence. Je ne sais pas qui vous a amené ici, mais ce n'était pas selon mon ordre. L'échange d'aujourd'hui doit se faire avec cet officier que voici. Vous, vous allez rester avec nous.

— Lui, un officier! a protesté Ben. Ce n'est même pas un vrai marin.

— Évidemment qu'il n'est pas officier, a dit le capitaine. Me prenez-vous pour un imbécile? Pensez-vous vraiment que j'aie pu croire à un mensonge aussi minable? Mais c'est lui que M. Cook a réclamé nommément.

— Je n'en ai rien à faire! Je dois voir mon fils! s'est écrié Ben en se tournant vers moi, hors de lui. Un autre gars du *Pembroke*, capturé il y a quelques jours, est ici. Il a dit que des approvisionnements sont arrivés par bateau de Boston. Mon cousin fait partie de l'équipage d'un de ces navires et il a tenté de me retrouver. Il voulait me faire savoir que mon fils a fait une chute horrible. Il est maintenant couché à la maison, inconscient, et rien ni personne n'a réussi à le faire sortir de cet état. Le chirurgien pense même qu'il ne reprendra peut-être jamais connaissance. Je dois retrouver mon cousin pour en savoir plus.

— Désolé d'apprendre ça, ai-je dit, en toute sincérité.

Ben s'apprêtait à dire quelque chose. Je l'ai vu

dans ses yeux, mais aucun mot ne lui est sorti de la bouche. Laisse-moi récupérer la liberté à ta place, aurait-il voulu me dire. Mais il en était incapable, car implorer n'était pas son genre. Il a donc redressé les épaules et s'est tenu le dos bien droit. Puis il a dit :

— Assez parlé! Ramenez-moi dans ma cellule et bon débarras, Jenkins.

— Ben Fence doit prendre ma place, ai-je dit avant que Ben ait eu le temps de sortir de la pièce. Je suis tout à fait satisfait de rester ici et de ramasser des ordures.

— Votre M. Cook ne sera pas très content, a dit le capitaine Vergor. Il a été très clair dans son message : il tient à ce que ce soit vous qui soyez échangé.

— Il comprendra, ai-je rétorqué. D'ailleurs, M. Cook a toujours été très clair au sujet de l'honneur. Dans le cas présent, c'est la seule chose à faire, la seule chose honorable. Et si *j'étais* un officier, je ne voudrais pas qu'on mette en cause mon honneur.

Le capitaine Vergor m'a regardé d'un air songeur. Il a secoué les épaules, puis il a dit :

— Très bien. Mais je vous avertis : vous pourriez vous retrouver dans une situation beaucoup plus fâcheuse. Nos alliés indiens nous réclament des prisonniers, comme vous l'avez peut-être entendu dire. Ah! Je vois que oui.

Il m'avait probablement vu tiquer. Comment oublier le sort des prisonniers français du fort Niagara, qui avaient été remis aux Iroquois parce que ceux-ci estimaient que c'était leur dû? Ils avaient tous été massacrés.

— J'aurai peut-être plus de chance, ai-je dit, ne sachant quoi répondre d'autre.

— Peut-être, en effet, a dit le capitaine.

Puis il s'est tourné vers Vairon.

— Je reprendrai mon poste dans quelques heures, lui a-t-il dit. Rien de très intéressant comme travail, à vrai dire. Mais il faut bien que quelqu'un surveille ce chemin de l'anse au Foulon.

J'ai salué Ben de la tête et lui ai dit :

— Tu salueras nos camarades de ma part, matelot. Et j'espère qu'on t'annoncera que ton fils a repris connaissance.

Puis, avant que mes nerfs me lâchent et que je ne change d'idée, je suis sorti de la pièce avec Vairon à ma suite.

— Tu es complètement fou! m'a-t-il dit d'un ton amical tandis que nous retournions aux écuries.

— Il faut croire que oui, ai-je rétorqué.

M. Fidèle était peut-être surpris de me revoir au seuil de sa porte, mais il n'en a rien montré. Apparemment, après tout ce qu'il avait vu au cours de cette guerre, rien ne pouvait plus l'étonner. Il m'a donc renvoyé à ma brouette, et j'ai passé le reste de la journée à récupérer des objets de ce qui avait été autrefois sa cuisine : une bouilloire, quelques cuillères en corne, un bougeoir de laiton, un pot de chambre ébréché. Je n'avais pas la moindre idée de ce qu'il allait pouvoir faire de ce pot de chambre!

Ce soir-là, il y avait peu de clients aux écuries, et c'étaient tous des civils puisque presque toute la milice était dans les bois avec Vergor. Les coups de canon étaient incessants, car les nôtres bombardaient Québec sans relâche. Des papillons de nuit allaient et venaient par les fenêtres ouvertes. De temps à autre, l'un d'eux se jetait dans la flamme d'une bougie et disparaissait en fumée. Ce spectacle m'attristait encore plus et, soudain, ce siège m'a semblé sans issue. Étions-nous comme ces papillons de nuit, à nous jeter dans les flammes de Québec? Était-ce plutôt Québec qui se lançait à l'assaut de la gloire flamboyante de l'Angleterre? Il n'y avait pas de réponse à cette question, j'en avais bien peur. Aussi me suis-je contenté de servir de la bière et d'essuyer les tables jusqu'à en avoir le front tout en sueur.

M. Fidèle a rangé sa vielle à roue et est allé se coucher en déclarant qu'il ferait aussi bien de dormir pendant l'invasion.

Il faisait trop chaud pour dormir dans le grenier à foin, et Vairon était d'accord avec moi. Nous avons donc étendu nos couvertures derrière la taverne. Je me suis endormi malgré les coups de canon. Un peu plus tard, ce ne sont pas les coups de canon qui m'ont réveillé, mais le bourdonnement d'un maringouin. C'est pour dire à quel point je m'étais habitué aux bruits de la guerre!

Vers trois heures du matin, des gens se sont mis à courir dans les rues en criant. Les Britanniques étaient en train de débarquer à Beauport!

— Pas moyen de dormir! a dit Vairon. On devrait descendre au bord du fleuve pour vérifier ma pêche à anguilles. Au moins, nous aurons un peu moins chaud au bord de l'eau.

J'avais peine à croire qu'il m'invitait à l'accompagner. Pourtant, oui! Je regrettais ma promesse de ne pas tenter de m'échapper. Nous sommes sortis de la cour des écuries et nous nous sommes enfoncés dans la nuit. Il n'y avait aucun bruit, et la nuit était d'un noir d'encre à cause de la nouvelle lune. Nous avons traversé toute la ville et nous en sommes sortis par la porte Saint-Louis. Les sentinelles ont reconnu Vairon et, sachant qu'il avait souvent des courses à faire, ils nous ont salués en passant.

Après tant de jours passés à l'intérieur des murs de la ville, j'ai senti couler sur moi un petit vent de liberté. L'air semblait plus doux, et le chant des insectes plus plaisant. Durant l'heure qui a suivi, nous avons marché sur le chemin de l'anse au Foulon, au milieu d'une longue prairie bordée de champs de blé et de pâturages. Nous sommes passés devant quelques maisons paisibles, sans aucune lumière aux fenêtres. Même si je ne le voyais pas, je savais que le Saint-Laurent était un peu plus loin sur notre gauche, au pied de la falaise. Puis une chouette perchée dans un bosquet a ululé, et une autre lui a répondu. Vairon s'est alors arrêté de marcher.

— Le campement du capitaine Vergor est de l'autre côté de ces broussailles, m'a-t-il expliqué. Il a avec lui environ 80 hommes, des miliciens très expérimentés au combat. Et des Indiens, aussi. (Puis il a pointé dans l'autre direction.) Un sentier part d'ici, à environ 30 pas. Tu n'as pas le choix, car, en continuant par ce chemin-ci, tu tomberais nécessairement sur Vergor. Le sentier va te conduire jusqu'à la grève. Tu dois être très prudent en descendant et tu dois faire le moins de bruit possible.

— Quel sentier? ai-je demandé. Pourquoi me dis-tu de passer par là?

Vairon s'était déjà retourné et se dirigeait maintenant vers le campement. Puis il s'est arrêté et s'est retourné face à moi.

— Parce que, si quelqu'un tombait sur un Anglais en pleine nuit, celui-ci perdrait fort probablement et son scalp et la vie, a-t-il dit. Maintenant, vas-y et fais bien attention.

— Je t'ai donné ma parole que je ne m'évaderais pas, ai-je rétorqué.

Vairon a soupiré et levé les yeux au ciel, puis il a dit :

— Tu as promis de ne pas t'échapper de Québec. Or, tu remarqueras que tu n'es plus dans Québec. Profite de ta liberté et continue à parler en français, capitaine Rosbif. Quand les Français auront réussi à faire gagner la guerre aux Canadiens, ce sera la seule langue que tu auras besoin de parler.

Je ne savais que répondre. Et si on apprenait qu'il m'avait relâché? On allait sûrement le lui faire payer!

— Qui va là à pareille heure de la nuit? a demandé quelqu'un, non loin de là.

— Je vais aux anguilles, a répondu Vairon.

Et des hommes, qu'on ne voyait pas dans le noir, l'ont accueilli dans un grand éclat de rire.

J'ai marché aussi vite que j'ai pu, en pleine noirceur. Il pouvait y avoir d'autres soldats. Je sentais comme un picotement entre mes omoplates, là où une flèche risquait de me toucher. Cette sensation ne m'a pas lâché tandis que je me frayais un passage entre les arbres et que je tendais l'oreille, attentif au moindre bruit. J'étais couvert de sueur. Arrivé à l'orée du bois, j'ai vu que j'étais au bord de la falaise.

En bas, j'entendais le bruit du Saint-Laurent qui coulait vers la mer.

Pour descendre l'étroit sentier, je me suis accroché à des branches d'arbres et j'ai bien planté mes talons dans le sol. Puis l'air s'est rafraîchi et une odeur de vase est venue me chatouiller les narines. J'ai glissé, encore et encore, mes souliers ne semblant avoir aucune prise sur la roche friable, semblable à de la pâte feuilletée. Les branches d'arbres m'ont sauvé. J'aurais voulu pester contre ce sentier que Vairon m'avait fait prendre, mais je faisais déjà assez de bruit pour ne pas y rajouter ma voix. Je me suis plutôt appliqué à ne pas tomber.

Le sentier débouchait dans une petite anse appelée l'anse au Foulon. Maintenant que j'étais arrivé, je n'avais aucune idée de ce que j'allais faire. Me cacher jusqu'à ce qu'il fasse assez clair, puis longer la grève en espérant que, depuis un de nos navires, on m'apercevrait? Tenter de nager? Mais le courant était très fort.

J'ai repensé à la petite anse près de Louisbourg, où Vairon m'avait appris à nager. Si je regagnais le *Pembroke* à la nage, je risquais de me retrouver au combat, face à Vairon, aussi sûr que la marée monte et descend deux fois par jour. Comment un ami peut-il trouver le courage de tuer son ami? La loyauté envers son roi méritait-elle un tel geste?

J'ai alors entendu des bruits d'eau qui gicle, puis plus rien. Un canard venait peut-être de s'envoler? Ou un rat musqué avait-il décidé de plonger? Ce pouvait aussi être un soldat français pointant son mousquet dans mon dos ou un Abénaquis prêt à lancer son tomahawk.

Mais ce n'était rien de tout cela. J'avais reconnu la forme de ce qui flottait sur l'eau, aussi sûr que je pouvais reconnaître la forme de la tête de Louis XV juste à la sentir sous ma main. Comment ne pas reconnaître une de nos chaloupes? La faible lueur de l'aube faisait briller les boutons des uniformes des soldats qui y étaient, et aussi leurs baïonnettes. Quand les embarcations ont viré pour se diriger vers l'anse, j'ai reconnu l'étoffe rouge de leurs habits.

J'ai regardé en silence les huit chaloupes qui approchaient, suivies d'autres petites embarcations. Leurs proues fendaient les flots, et l'eau giclait chaque fois que les rames plongeaient dans l'onde. Des officiers ont donné des ordres à voix basse, les rames se sont soulevées et, l'une après l'autre, les chaloupes se sont échouées sur la grève. J'ai levé les mains pour montrer que je ne portais aucune arme et je me suis avancé vers eux.

— Pas un geste ou vous êtes un homme mort! a crié un soldat d'infanterie.

Les autres qui l'entouraient ont pointé leurs

mousquets sur moi. Je me suis immobilisé, ne tenant pas à mourir.

— Je ne suis pas armé! ai-je dit.

— Approchez! a dit un officier. (Il a mis un mouchoir devant son visage et a toussé.) Mais qu'aurais-je donc à faire d'un autre déserteur?

C'était le général Wolfe. Il portait un simple habit rouge avec des culottes; une tenue qui n'attirerait pas les regards. Un tricorne noir coiffait ses cheveux roux. Son bras gauche était ceinturé d'un brassard noir, en signe de deuil. Était-ce pour tous nos soldats morts au combat? me suis-je demandé. Ou était-ce plutôt pour tous ceux qui allaient mourir aujourd'hui?

— Je ne suis pas un déserteur, Sir, ai-je dit. J'ai été fait prisonnier il y a près de trois semaines quand un groupe d'hommes du *Pembroke*...

Mais le général m'avait déjà dépassé. J'ai donc pressé le pas. Des soldats se sont mis à débarquer des chaloupes.

— Du *Pembroke*, Sir, ai-je poursuivi. Au moins, l'un d'entre nous a été tué ou scalpé.

— Maudits soient les scalps! a-t-il grommelé. Mais rendez-vous donc utile, matelot! Des soldats doivent encore être débarqués, ainsi que des munitions et de l'équipement, et il y aura des canons de calibre six à hisser jusque là-haut.

— Des canons, Sir? ai-je rétorqué.

— Comment crois-tu qu'on peut livrer bataille autrement, matelot? a-t-il rétorqué en délogeant d'une pichenette une poussière sur ses manchettes d'un blanc immaculé. Juste en se salissant les chaussettes dans la boue? Non, matelot! On y arrive en versant le sang et la sueur de loyaux sujets de Sa Majesté. En es-tu?

— Oui, Sir, ai-je répondu. J'en suis!

— J'en étais sûr! a-t-il rétorqué. Maintenant, rends-toi utile. Tu te rappelleras ce jour grandiose jusqu'à la fin de tes jours, matelot!

Chapitre 9
13 septembre 1759

Le général Wolfe ne croyait pas si bien dire!

Pendant quelques jours, la Marine royale a transporté des soldats à terre. Simple à dire, mais pas à faire! Les premiers à débarquer ont été les soldats d'infanterie légère que le général Wolfe avait amenés d'Angleterre. Ils étaient armés de mousquets et de 70 cartouches. Chacun portait aussi sur lui des rations pour deux jours et deux gourdes, l'une contenant de l'eau et l'autre, du rhum. Tandis que les soldats continuaient de débarquer, 24 volontaires et un officier ont escaladé la falaise en s'accrochant à des racines et à des branches d'arbres. On aurait dit des insectes rampant sur un mur. La scène était étonnante à voir et nous, les marins, étions épatés par le cran de ces hommes. Je m'attendais à tout moment à en voir un débouler et s'écraser sur la grève au pied de la falaise. Mais ils continuaient toujours de grimper.

Tant que ces hommes n'auraient pas pris position au sommet de la falaise, l'attaque ne pourrait pas vraiment commencer. J'ai reculé et me suis positionné près d'une des chaloupes afin de mieux voir leur progression, et j'ai presque heurté un rameur.

— Regarde donc où tu mets tes grands pieds! a-t-il protesté.

Puis il a vu à qui appartenaient ces pieds et s'est exclamé :

— William! En chair et en os!

C'était Ti-Poil.

— Ben Le Bostonien m'avait dit que tu étais à Québec, a-t-il poursuivi. Tu t'es évadé, apparemment?

— Ti-Poil! me suis-je exclamé. Toi aussi, en chair et en os! Content de te revoir! Oui, je me suis… évadé. Mais comment ça va à bord du *Pembroke*? Et toi, comment vas-tu?

— Encore de ce monde, comme tu vois, a-t-il dit. Mais avec encore moins de cheveux. Tu sais, tu as manqué toute une nuit d'aventure!

Le *Pembroke*, m'a-t-il expliqué, était hors de portée, à l'ancre, puisqu'il était trop gros pour s'approcher de la rive. Mais une partie de sa garnison avait participé aux combats à Beauport, en exécutant une manœuvre de diversion. Ti-Poil en riait encore.

— Le pauvre Montcalm a cru que toute l'armée britannique avait débarqué, a-t-il poursuivi. Comme tu sais, on peut faire pas mal de grabuge quand on s'y met.

— Oui, je suis au courant, ai-je dit.

Nous avons entendu des coups de fusil et avons vu des flammèches sortir des mousquets, au haut de la falaise. Puis des cris de guerre. Des coups de canon ont retenti, provenant d'un poste de tir installé non loin de là, d'où les Français tentaient d'abîmer et de faire couler nos navires. Les cris des blessés n'ont pas tardé à se faire entendre. Néanmoins, nos canots ont continué à accoster et à débarquer des soldats d'infanterie. Et notre armée a tôt fait de s'emparer de la position des Français. Ensuite, les canons des Français ne se sont plus fait entendre, et nos navires étaient sauvés.

Je me suis rendu utile, comme je l'avais dit, en transportant de la poudre, des balles et divers équipements débarqués de nos canots. Les soldats continuaient d'arriver sur la berge, puis grimpaient par le chemin de l'anse au Foulon. Avec leurs habits rouges, leur longue file ressemblait à un ruisseau ensanglanté. Ils progressaient beaucoup plus aisément que ceux qui avaient escaladé la falaise avant eux. À contresens, un long cordon de prisonniers, dont plusieurs étaient blessés, redescendait vers la grève. Heureusement, Vairon n'était pas parmi eux!

Par contre, le capitaine Vergor en était. Des balles

de mousquet lui avaient traversé une main et une jambe. Quand son brancard est passé à côté de moi, il était inconscient et il gémissait. La marée était basse maintenant, et le courant moins fort. Avec d'autres blessés, on l'a donc fait traverser le fleuve en chaloupe, puis transporter jusqu'à un hôpital de campagne installé dans une église de la pointe de Lévis. Je me suis joint à ces rameurs, assis derrière Ti-Poil dans une de ces chaloupes. Une fois nos pauvres prisonniers arrivés au poste médical, nous avons attendu de nouveaux ordres. Des chaloupes devaient continuer de débarquer des soldats sur l'autre rive. Mais la nôtre devait transporter autre chose, à remettre au général Wolfe.

C'était un des calibres six, un canon de campagne avec son affût. Sous les ordres du capitaine-lieutenant Yorke, officier d'artillerie, nous l'avons embarqué dans la chaloupe (et ce n'était pas facile!), ainsi que tout le matériel nécessaire à sa mise à feu. Ce devait être tout un spectacle de nous voir ramer au beau milieu du fleuve, un canon dans le milieu de la chaloupe!

Une fois sur la grève, nous avons déchargé la lourde pièce.

— Remercions le Ciel de n'avoir eu que ce canon léger à transporter, et non une des lourdes pièces du *Pembroke*, ai-je dit tout en essuyant la sueur de mon front. Je n'aimerais pas avoir à apporter le Deadly Raker ici!

— Léger, dis-tu? s'est esclaffé Ti-Poil. Tu m'en reparleras quand on sera rendu là-haut! Qu'est-ce que je ne ferais pas pour avoir deux bons gros chevaux de trait. Ce canon pèse une tonne!

Le ciel s'est couvert et il s'est mis à pleuvoir. Mais peu nous importait, avec ce qui s'en venait! Les uns ont saisi les cordages servant à déplacer le canon et, au son des « Oh! Hisse! » du capitaine-lieutenant Yorke, se sont mis à tirer pour lui faire traverser la grève. Les autres ont poussé. Des centaines de marins s'affairaient autour de nous. Ils étaient de mauvaise humeur. Ils juraient et pestaient de nous voir partir sans eux. Ils voulaient participer au combat. Qu'avaient donc ces officiers à leur refuser ce droit? On entendait des bruits de bataille depuis des heures, grommelaient certains. L'affrontement serait bientôt terminé, et pas un seul marin n'aurait eu la chance de faire couler du sang, rouspétaient d'autres.

Plus j'avançais, plus le calibre six me semblait lourd. Le ciel s'était éclairci, mais je voyais à peine, à cause de la sueur qui me voilait les yeux. Personne ne parlait, sauf le capitaine-lieutenant Yorke. Nous, les matelots, nous grognions et ahanions sous l'effort. J'avais l'impression que mes bras allaient se détacher de mes épaules. Ma chemise était trempée de sueur. Un matelot près de moi pestait à voix basse. On aurait dit que ce canon était aussi lourd qu'un navire de fort tonnage, comme le *Pembroke*.

Mais, quand on gravit une colline, on finit toujours par arriver en haut. Une fois au sommet (enfin!), nous avons halé le canon à travers bois. J'entendais des tirs de mousquet. La bataille avait-elle commencé sans nous? Nous avons encore tiré le canon le long d'un chemin qui débouchait sur les plaines où nos bataillons prenaient position à l'emplacement choisi par le général Wolfe. De la fumée blanche flottait dans l'air.

— Où sont les Français? ai-je dit.

— Cachés dans leur ville, a dit Ti-Poil. (Puis, pour mieux entendre, il a mis sa main en cornet, derrière son oreille.) D'ailleurs, j'entends leurs genoux qui s'entrechoquent!

Il se trompait. Il n'y avait peut-être aucun soldat sur place, mais le boisé au nord de nos troupes était plein d'Indiens et de miliciens qui tiraient sur nos soldats. D'ailleurs, plusieurs étaient déjà étendus par terre, car il était plus prudent de recharger son arme dans cette position. Le reste de notre armée restait sans bouger et attendait de recevoir des ordres. Je distinguais six regroupements représentant des milliers de soldats. Des grenadiers, des régiments d'infanterie, les Royal Americans, des Highlanders et des soldats d'infanterie légère formaient un rectangle et, pour la plupart, étaient disposés en deux rangées séparées par environ 35 pieds. On nous a ordonné d'apporter le calibre six près d'une petite butte se trouvant à l'extrémité sud de nos soldats. L'autre canon était déjà positionné à l'extrémité nord. Les artilleurs ont accueilli notre canon avec des cris de joie. Certains nous ont jeté des regards noirs. Mais ils ne se sont pas montrés aussi agressifs qu'ils l'auraient voulu, car le général Wolfe se trouvait tout près. Je n'y comprenais rien. Je me suis donc tourné vers Ti-Poil, l'air interrogateur.

— Nous avons osé poser la main sur leur précieux canon, m'a-t-il expliqué à voix basse. Nous l'avons souillé avec nos vilaines pattes sales de marin. Mais ils devraient voir de quel bois on se chauffe!

Sur ce, il s'est glissé dans les rangs des grenadiers de Louisbourg. D'autres matelots l'ont suivi.

— Merci à vous! nous a dit le général. Beau travail et, même, excellent travail! Maintenant, retournez sur la grève!

— Que Dieu vous bénisse, général! lui a crié Ti-Poil. Mais accordez-nous la grâce de rester et d'assister à une bataille rangée entre Anglais et Français.

Le général Wolfe a esquissé un sourire.

— J'insiste : vous devez partir, a dit le général. Vous avez fait votre travail. À l'armée de faire le sien, maintenant.

Puis il s'est retourné afin de s'occuper du déroulement de la bataille.

Certains lui ont obéi, mais Ti-Poil s'est arrangé pour se glisser encore plus au centre du groupe des grenadiers.

— Il nous a donné un ordre, ai-je dit tout en le suivant. C'est un général. Ne fais pas l'idiot, Ti-Poil.

— L'idiot? a-t-il rétorqué. La bataille n'appartient pas seulement à ces soldats. Nous allons avoir notre part, nous aussi.

— Eh bien! s'est esclaffé un des grenadiers. Il est fou, celui-là!

Il était grand, comme tous ses camarades grenadiers, et il le semblait encore plus, avec son casque ressemblant à une mitre papale.

— Fou furieux! a-t-il ajouté. Mais assez courageux pour participer à ce grand jour!

Je ne pouvais pas me laisser ainsi traiter de poltron. Je suis donc resté avec Ti-Poil. Toutefois, il nous manquait quelques pièces d'équipement essentielles.

— Nous n'avons ni sabre ni fusil, ai-je fait remarquer.

— Chaque chose en son temps, a dit le grenadier.

Nos ordres sont de ne pas tirer tant que l'ennemi ne sera pas à 40 verges de portée de nos baïonnettes. Très bientôt, vous pourrez ramasser des mousquets par terre.

Il parlait des mousquets des morts et des blessés. Je ressassais cette idée dans ma tête quand des soldats français avec leurs uniformes blancs ont commencé à apparaître sur le flanc de la butte. Ils se sont placés en formation, tout comme notre armée l'avait fait, tandis que la milice et les Indiens tiraient sans relâche sur les ailes droite et gauche de nos régiments. Un homme à cheval était à leur tête. Je l'ai reconnu, c'était le général Montcalm!

Les tambours français ont commencé à transmettre ses ordres aux officiers qui les ont relayés à leurs hommes. Conduites par Montcalm, les troupes françaises se sont mises à avancer. Le général Wolfe est allé se placer sur la butte, à notre droite. Soudain, les Français ont dévalé la pente. Ils couraient entre les arbres, les uns sautant par-dessus des flaques d'eau et les autres franchissant des clôtures qui se dressaient ici et là.

— Bande de fous! a dit le grenadier d'un ton méprisant. Regardez-les! L'armée de Montcalm est en débandade!

Et c'est bien ce qui semblait se passer. Plutôt qu'en rangs bien serrés, les Français arrivaient en trois groupes désordonnés. Aucun des trois ne se dirigeait directement sur le centre de nos lignes. Pendant tout ce temps, leurs alliés indiens lançaient des cris de guerre et les soldats criaient « Vive le roi! Vive le roi! » Nous sommes restés sans bouger et sans tirer un seul coup de feu, contrairement aux Français qui se sont arrêtés à plus de 100 verges de nous et se sont mis à tirer.

— Bande d'idiots! a dit le même grenadier. On ne peut pas bien viser de si loin! Et regardez-les. Je parie qu'ils n'ont même pas reçu l'ordre de tirer.

Néanmoins, nous n'avons pas bougé. À moi, ces hommes ne semblaient pas si idiots. Ce qu'ils faisaient était très dangereux et même, mortel. Ils n'avançaient pas en rangs bien droits comme ceux des Britanniques, mais ils n'en représentaient pas moins une menace.

C'est alors que s'est produite une chose étrange. Ils se sont arrêtés et sont restés immobiles à une centaine de verges de nos lignes. Des coups de feu retentissaient aux deux extrémités de nos lignes, en riposte aux tirs des miliciens et de leurs alliés indiens, cachés derrière les arbres. Nos canons de la pointe de Lévis bombardaient la ville de Québec, qui ripostait avec les siens.

Pendant presque trois minutes, nous sommes tous restés sans bouger, à nous observer les uns les autres. Puis les Français se sont mis à tirer, mais seulement quelques coups dispersés qui ont eu peu d'effet. Deux de nos régiments ont commencé à avancer, et ces 2 000 soldats ont tiré presque tous en même temps. Avec le général Wolfe à leur tête, les grenadiers ont fait de même. Ti-Poil et moi les avons donc suivis. Peu après, je ne pouvais plus voir Wolfe à cause des nuages de fumée blanche dont l'air s'était rempli.

Rien de ce que j'avais pu vivre à bord du *Pembroke* ne m'avait préparé à ce spectacle. Observer le déroulement d'une bataille depuis le pont du *Pembroke*, à l'abri du danger, était une chose. S'exercer à tirer du mousquet ou du canon en était une autre. Mais ça n'avait rien à voir avec ce que j'étais en train de vivre au beau milieu de la mêlée, entouré de soldats qui crient et qui tombent sous les balles. Un homme au crâne à moitié arraché s'est affaissé tout près de moi, et son sang a éclaboussé ma chemise. J'ai ramassé son mousquet et ses munitions.

— Ne pense pas. Fais ton devoir, c'est tout, ai-je dit à voix haute.

J'ai déchiré la cartouche de carton avec mes dents et j'ai chargé mon arme. Puis j'ai tiré. J'ai perdu le compte de mes coups de feu et de mes touches. Tout ce que je savais, c'était que ça durait une éternité. Les calibres six pétaradaient, et la mitraille qu'ils tiraient ravageait les rangs des Français. Nos bataillons tiraient et tiraient, d'un feu si nourri qu'on n'entendait plus qu'un seul et unique long rugissement.

Puis l'infanterie a chargé, et je me suis joint à ses rangs. Les tirs de canons et nos pieds qui martelaient le sol le faisaient trembler. Des soldats lançaient des cris de guerre tandis que d'autres couraient sans dire un mot, les mâchoires serrées. Des balles de mousquets touchaient certains, qui tombaient par terre en hurlant. J'aurais dû avoir peur de mourir. Mais tout ce que je ressentais, c'était l'excitation du moment.

La fumée s'est légèrement dissipée, et j'ai chancelé. Le général Wolfe était tombé. Des officiers se penchaient sur lui. Et, curieusement, une femme aussi, probablement une de ces femmes à soldats qui s'étaient jointes à l'armée britannique. Apparemment, elle était même prête à rester pour les combats. Un mouchoir maculé de sang entourait le poignet droit de Wolfe, et sa chemise était tout ensanglantée.

— Ils s'enfuient en courant! a crié un officier, tout excité. Regardez-les courir!

C'était la stricte vérité : l'armée française battait en retraite, et dans le désordre le plus complet. Ils fuyaient pour sauver leur peau, tels des chevaux partant à l'épouvante.

— Qui court? a demandé Wolfe d'une voix affaiblie.

— L'ennemi, Général. Ils détalent dans toutes les directions.

Le général Wolfe a crié un ordre. Il fallait empêcher les Français de traverser la rivière Saint-Charles. Il s'est tourné de côté et, pendant un instant, j'ai cru que son regard croisait le mien.

— À la gloire de Dieu! a-t-il dit, d'une voix encore plus faible. Je peux mourir en paix.

Puis son regard s'est fixé sur un point que seul un mort pouvait voir.

Les hommes qui étaient auprès de lui se sont mis à pleurer, puis ont traversé les plaines avec sa dépouille. Je ne sais comment l'expliquer, mais on aurait dit qu'une partie de lui était encore là. Nos soldats n'ont pas perdu le moral pour autant. Nous avons fixé nos baïonnettes à nos mousquets et nous avons pourchassé les Français battant en retraite. Les Highlanders chargeaient à travers champ en agitant leurs sabres au-dessus de leurs têtes. Certains ont capturé des Français, mais d'autres les frappaient d'un coup de sabre comme s'ils avaient fauché les blés.

Tandis que je les observais, une balle de mousquet

m'a égratigné un côté de la tête. Je suis tombé, et le sang a obscurci ma vue. Je me suis péniblement remis à genoux. À travers un voile sanglant, je voyais les Canadiens et les Indiens. Une partie d'entre eux s'enfuyaient, comme leur armée. Mais d'autres résistaient, embusqués sur la butte. Vairon était-il avec eux? Les Highlanders, incapables de faire sortir l'ennemi de ce boisé, ont commencé à reculer. Les bruits de bataille sont devenus plus clairsemés et ont fini par cesser complètement. C'était donc ça, mourir, me suis-je dit. Puis je n'ai plus pensé à rien.

J'ai senti qu'on me retirait mes souliers, puis qu'on fouillait dans mes poches. Mes yeux se sont ouverts en même temps que je saisissais la main du voleur.

Il a crié et a laissé tomber mes souliers.

— Désolé, je croyais que tu étais mort, a-t-il lancé.

— Eh non! ai-je rétorqué.

— Tu m'as fait toute une peur! a-t-il dit.

— J'aurais aimé te faire pire que ça, ai-je répliqué.

Mais je ne le disais pas sérieusement et, de toute façon, il se dirigeait déjà vers un vrai cadavre. Je me suis assis. La tête me tournait. Je me suis rechaussé. Il y avait des corps partout. Certains bougeaient, d'autres étaient immobiles. L'endroit empestait la fumée, le sang et tout ce qui peut sortir du corps d'un mourant. Des pillards dépouillaient les cadavres des Français de tout ce qu'ils portaient de valeur sur eux. Les armes, les ceintures et même les croix suspendues à leur cou allaient dans les poches de ces rapaces. La scène me soulevait le cœur.

— Simple égratignure, mais tu vas en porter la cicatrice durant toute ta vie, a dit la femme d'âge mûr que j'avais vue peu de temps auparavant et qui me dévisageait de près. Tu n'es pas un soldat. Tu dois être un de ces idiots de matelots qui ont insisté pour participer à la bataille. De quel navire es-tu?

— Du *Pembroke*, ai-je répondu. Je vous ai vue quand le général Wolfe a été blessé, madame.

— Madame Job, plus précisément, a-t-elle dit. Eh oui, j'étais auprès de lui.

Sa voix ne trahissait aucune émotion.

— Mais je n'ai rien pu faire pour lui! a-t-elle poursuivi. Depuis le temps que je suis l'armée, je n'ai jamais rien vu d'aussi triste qu'aujourd'hui. Quelle perte pour nous tous! Mais toi, on va pouvoir te soigner. Descends sur la grève et on te fera traverser à Lévis.

— Où est-il, madame? lui ai-je demandé.

— Le général Wolfe? a-t-elle dit. À bord du *Lowestoft*, où je vais m'occuper de lui.

Comme je la regardais, l'air de ne pas comprendre, elle m'a expliqué d'un ton plus gentil :

— Sa dépouille doit être embaumée. Il sera rapatrié en Angleterre.

Sur ce, elle est partie s'occuper d'autre chose, l'air affairé.

J'ai continué mon chemin lentement. Tout le monde ne se comportait pas lâchement comme les pillards. Des hommes d'honneur aidaient à évacuer les blessés des deux armées, à l'aide de brouettes. Les victimes geignaient de douleur tout le long du parcours cahoteux. Quant aux morts, apparemment ils allaient rester là où ils étaient tombés, du moins pour le moment. J'avais du mal à y croire, mais des soldats mangeaient leur dîner au beau milieu de cette pagaille!

Des groupes de marins sont passés à côté de moi. Ils apportaient des pelles, des pics, des scies et des haches là où on débroussaillait les buttes. Bien sûr, me suis-je dit en m'approchant d'un groupe d'une cinquantaine de soldats, le siège allait recommencer et, cette fois, nous serions aux portes de la ville.

— Ne ratez pas ça! a crié un officier. Nous allons exécuter cet enfant de salaud!

Le peloton d'exécution formait une rangée de sept hommes aux visages impassibles. La foule était d'humeur tout aussi morose, et on n'entendait pas les rires et les bavardages qui accompagnent souvent les exécutions. Les sept mousquets étaient déjà pointés vers le condamné. Il s'agissait de Sam Le Tatoué!

— Ohé, du bateau! a dit Sam.

Il s'adressait à moi. Des dizaines de paires d'yeux se sont tournées vers moi et m'ont regardé avec suspicion. Si le condamné était un déserteur, alors j'en étais peut-être un moi aussi.

— Pas besoin de tenir une autre cour martiale! a dit mon ami le grenadier. Ce gars-là se battait avec moi, il y a quelques heures. Vous ne trouverez pas plus brave et plus loyal matelot que lui!

— Tu connais le condamné? m'a demandé l'officier. As-tu quelque chose à dire pour sa défense?

Qu'aurais-je pu dire? Sam *était* un faux jeton et, en se battant contre nous, il s'était rendu coupable de trahison. Selon les termes de la loi britannique, il devait mourir. Mais c'était un camarade du *Pembroke*. Il avait pris ma défense contre les attaques de Ben Le Bostonien.

— Sam Le Tatoué était autrefois mon camarade à bord du *Pembroke*, ai-je déclaré d'une voix forte. Il a choisi de poursuivre une voie différente de celle de notre équipage.

Qu'il tombe sous le coup de la loi ou non, j'ai fait une pause et me suis senti envahi par un sentiment de pitié.

— C'était un excellent gabier et, même, le meilleur, ai-je ajouté.

Sam a relevé la tête et a regardé le ciel d'un bleu limpide. Une petite brise a soulevé ses longs cheveux. Pendant un moment, j'ai retrouvé sur son visage l'expression qu'il avait un jour que nous étions dans la mâture; la fierté d'appartenir à l'équipage du *Pembroke*. L'officier a levé sa main qui tenait un mouchoir.

— Bon vent à toi, Jenkins! a dit Sam.

Comme je ne voulais pas regarder, je me suis retourné et suis parti. Sept coups de feu ont retenti. Je n'ai pas pu m'empêcher d'entendre le bruit sourd que le corps de Sam a fait en tombant par terre.

L'âme en peine, je suis descendu jusqu'à la grève de l'anse au Foulon où j'ai trouvé Ti-Poil parmi les blessés. Heureusement pour lui, il était inconscient. Un garrot lui serrait la jambe gauche, dont le mollet était déchiqueté et à moitié arraché. Mme Job ou un des chirurgiens allaient probablement réussir à lui sauver la vie, mais il allait sûrement perdre sa jambe. Je me suis joint aux hommes qu'on faisait traverser de l'autre côté, à la pointe de Lévis. Soudain, la chance m'a souri : une des chaloupes appartenait au *Pembroke*. Alors, au lieu d'être emmené à l'hôpital, on m'a fait embarquer sur notre navire.

Tandis que nous en approchions, j'ai senti ma gorge se serrer. J'ai repensé à ce jour où, à Halifax, j'avais traversé le port à bord de la navette. Cela me semblait si lointain! Mais dès que j'ai remis les pieds sur le pont et que Louis XV s'est mis à aboyer comme un fou en tournant autour de moi, je n'ai plus ressenti que du bonheur.

— Tu es vivant! a crié Tom Pike encore et encore, l'air de ne pas y croire.

Et chaque fois que Tom le disait, Davy m'assénait une grande claque dans le dos.

— Ben Le Bostonien nous l'avait dit, mais nous avions du mal à le croire. Vivant!

— Mais plus pour longtemps si tu n'arrêtes pas de le frapper! a dit Gueule-Rose. Viens, matelot! On va d'abord te nettoyer cette blessure, puis on t'emmènera voir le capitaine. Ensuite, on te trouvera un bout de pain et du fromage pour ton souper.

— Et une chemise propre, a dit Davy. La tienne est pleine de sang.

Le capitaine Wheelock était dans l'entrepont, dans la grande cabine. M. Cook se tenait à son côté, les mains derrière le dos. Tous deux avaient l'air plus sérieux que jamais, comme de vrais officiers de la Marine royale. On m'a demandé un compte rendu de mes expériences. Je me suis donc exécuté en leur racontant ma capture, la rencontre avec Vairon et ma remise en liberté. Je leur ai même mentionné notre vieille devise : « À l'amitié et à l'aventure! » J'ai tout dit, depuis le début jusqu'à la longue bataille et à la part que j'y avais prise… l'assaut… les morts…

— Longue? s'est étonné le capitaine Wheelock. Il est vrai qu'une bataille semble toujours durer éternellement. Mais là, on parle de plus ou moins 15 minutes.

— Quinze minutes, Sir? ai-je dit, bouche bée.

— Matelot, c'est ce qu'on nous a rapporté, m'a expliqué le capitaine. Il y a bien eu quelques escarmouches un peu avant et quelques soubresauts après, mais la bataille elle-même? Un tout petit quart d'heure, sans plus.

— Vous pouvez fermer la bouche, Jenkins, a dit M. Cook.

— Oui, Sir, ai-je dit.

— Merci, Jenkins! a déclaré le capitaine. Allez rejoindre votre tablée.

— Et prenez ceci avec vous, a dit M. Cook en me tendant mon journal. Vos affaires ont toutes été vendues au pied du mât, comme le veut la coutume. J'ai acheté ce carnet, car je savais que M. Bushell, à Halifax, voudrait le lire et peut-être même le publier.

— M. Cook croit que vous avez l'étoffe pour devenir plus qu'un simple matelot, Jenkins, a dit le capitaine Wheelock. Si jamais vous en avez l'occasion, ne ratez pas votre chance!

— Comptez sur moi, Sir! ai-je dit.

Ce soir-là, j'ai grimpé dans mon hamac vêtu de

vêtements empruntés, qui allaient faire l'affaire jusqu'à ce que je m'en trouve d'autres. C'était Ben Le Bostonien qui me les avait donnés. Il me les avait tendus sans dire un mot, devant Tom et Gueule-Rose qui approuvaient de la tête.

— Nous ne sommes plus que cinq de notre ancienne tablée, a dit Tom en ébouriffant les cheveux de Davy.

— Six, si Ti-Poil réussit à se remettre de ses blessures.

J'ai glissé mon journal sous la couverture roulée que j'utilisais comme oreiller. Louis XV, le ventre bien rempli d'un bon souper de rats, grognait à mes pieds. Je me suis dit que je n'allais probablement pas dormir. Trop de choses étaient arrivées. J'ai fermé les yeux pour soulager ma vue et, quand je les ai rouverts, c'était au son des briques avec lesquelles on frottait le pont.

À 9 heures le lendemain matin, toutes les grandes chaloupes de la flotte débarquaient des armes à terre. Canons, obusiers et mortiers étaient ensuite acheminés sur les Plaines par le chemin de l'anse au Foulon. Nous étions des centaines à tirer ces lourdes pièces d'artillerie et nous le faisions avec nos manières de marins. Des élèves officiers venus de plusieurs navires nous accompagnaient. Quand un canon ou un mortier dérivait un peu trop vers la gauche, ils nous criaient : « Par tribord, par tribord, matelots! » Et nous tirions plus fort sur la droite. Les soldats qui passaient semblaient beaucoup s'en amuser.

Là-haut sur les Plaines, les Français tiraient des obus et des balles de fusil sur nos hommes, depuis les remparts de Québec. J'ai appris que plusieurs de nos officiers avaient été blessés. Le général Townsend, qui était maintenant à la tête de nos troupes, a alors donné des ordres afin d'assurer le siège de la ville. Des hommes construisaient des palissades derrière lesquelles ils allaient tirer du mousquet ou creusaient des tranchées et empilaient la terre excavée devant eux afin d'être mieux protégés.

Nous avons appris que le général Montcalm avait été touché par une balle sur le champ de bataille, durant la retraite des Français. Il était mort peu après et avait été inhumé dans l'enceinte de la ville. De notre côté, nous avions eu près de 600 blessés, et 61 autres soldats avaient été déclarés morts. Ces corps devaient être enterrés, et vite. Ils commençaient déja à enfler sous la chaleur du soleil et attiraient des nuées de mouches et des bandes de corneilles. C'était quand même mieux que de faire ce que d'autres faisaient dans les campagnes. En effet, des détachements de soldats et de matelots incendiaient les fermes par dizaines, le long du fleuve.

Le nez et la bouche couverts par des mouchoirs, des hommes transportaient les morts jusque dans des fosses communes. La bataille avait été dure, mais ceci était encore pire. Au moins, quand on se bat, on a une chance de s'en sortir. Ces hommes-là — français, canadiens et anglais — ne reverraient jamais leurs familles. Je faisais de mon mieux pour ne pas regarder. Ami ou ennemi, j'aurais eu trop de chagrin de reconnaître Vairon parmi ces dépouilles. Il avait du courage, et il était né sous une bonne étoile. Espérons qu'il ait survécu!

Chapitre 10
14 septembre 1759

Durant les cinq jours qui ont suivi la bataille, l'équipage du *Pembroke* a participé aux travaux pour établir le siège. Le soir, nous retournions à bord. Les canons français nous bombardaient sans relâche.

Finalement, un matin, nous avons aperçu des pavillons de signalisation dans la mâture du *Stirling Castle,* ce qui voulait dire « Envoyez-nous un lieutenant ». Les uns après les autres, les navires ont mis des canots à l'eau, avec à leurs bords les officiers dont on réclamait la présence. Puis ils sont revenus avec un message.

— Préparez à appareiller! a ordonné le capitaine Wheelock.

Nous sommes aussitôt allés prendre nos postes.

Sept de nos plus gros navires, dont le *Pembroke*, ont levé l'ancre. C'était un travail long et ardu, comme d'habitude.

J'avais observé nos vaisseaux de guerre du haut des remparts de Québec. Les dégâts qu'ils pouvaient faire étaient redoutables. Les Français allaient comprendre que, si nous profitions une fois de plus de la marée de nuit pour nous approcher, ils seraient attaqués en même temps par l'armée de terre et la marine.

— Ils vont y penser à deux fois, avant de continuer à s'entêter, s'est esclaffé Tom tandis que nous nous préparions pour la nuit et qu'il donnait à Louis XV un morceau de lard salé. Pas compliqué! Le vice-amiral Saunders va aborder, et les Français vont se rendre. Si je me trompe, je suis prêt à céder mon souper à ce chien pendant tout un mois!

Le lendemain matin à l'aube, j'ai tout de suite su que Tom ne se trompait pas. Louis XV n'aurait donc pas droit à ses rations de tout un mois. Un drapeau blanc flottait au-dessus de la ville. Plus tard, le capitaine Palliser, du *Shrewsbury*, est monté à notre bord et a annoncé la nouvelle au capitaine Wheelock, puis M. Cook nous l'a transmise :

— Québec a capitulé. *God Save the King!*

Il fallait voir notre joie! J'ai crié « *Hourra!* » avec tout l'équipage du *Pembroke*, jusqu'à en avoir mal à la gorge. Chacun a reçu une rasade supplémentaire de rhum. Comme je n'avais pas l'habitude de boire de l'alcool, j'ai échangé ma part contre une chemise propre.

Nous avions pour mission de nous emparer de la partie basse de la ville, à 15 h 30, nous avait-on dit. L'armée de terre ferait de même dans la partie haute et hisserait le drapeau britannique. Sous le commandement du capitaine Palliser, un nombre important de matelots et d'officiers de grade inférieur ont embarqué dans les canots et les chaloupes. Tous étaient armés. Je portais une hache mortellement tranchante et je priais pour ne pas me la planter dans le pied avant même que nous ayons touché terre. Des tirs de canon, venant certainement du côté français, nous arrivaient de la rivière Saint-Charles. Ne savaient-ils pas que le siège avait été levé?

Mais il n'y a eu aucune résistance. Dans le froid, le vent et la pluie, les habitants de Québec avaient la mine basse, sauf quelques jeunes femmes qui nous faisaient des petits clins d'œil. Davy a fait semblant de vomir, et Tom leur a rendu leurs clins d'œil. Moi, je les ai ignorées.

— On raconte que des soldats et des marins britanniques ont épousé des filles de la ville, a dit Ben. On a interdit immédiatement ces mariages.

Davy a fait semblant de vomir en faisant encore plus de bruit, et nous avons tous éclaté de rire.

Nous avons marché par les rues défoncées et pleines de débris, jusqu'en haut d'un promontoire surplombant la Basse-Ville. Le drapeau britannique a été hissé. De là, tous nos navires au mouillage dans le bassin pouvaient le voir. C'était un grand moment, du moins pour nous.

L'un de nous a dit tout bas qu'il était 16 h et que nous allions probablement célébrer cette heure et ce jour toute notre vie. Les plus gros canons de nos navires de guerre ont tiré une salve en notre honneur. Il y a eu encore plus de hourras que précédemment, et les cris étaient presque assez forts pour enterrer les tirs de canons.

— Que dirait le général Wolfe de tout cela? ai-je dit tout haut, sans m'adresser à personne en particulier.

— Pas grand-chose, m'a crié Ben.

Je me suis dit qu'il ne changerait jamais.

— Il est mort, non? a-t-il poursuivi. Après tout ce branle-bas, il est mort. Apparemment, sa dépouille serait à bord du *Royal William*.

— Mais nous lui devons ce grand jour, a dit Davy. Son fantôme est peut-être parmi nous, à crier « hourra ». Qu'en penses-tu, William?

— Nous avons gagné aujourd'hui, oui Davy, ai-je répondu. Et lui, il a perdu à tout jamais. Mais, oui, ce serait bien que son fantôme soit avec nous.

Ce soir-là, j'ai écrit dans mon journal pour la première fois depuis trois semaines. Tenir mon crayon entre mes doigts me faisait un drôle d'effet, et mon écriture était incertaine. Mais il fallait que j'écrive.

J'ai célébré la capitulation de Québec. Mais maintenant, je me sens envahi de tristesse. M. Bushell m'a raconté que les Romains et les Grecs avaient l'habitude de défiler triomphalement dans les lieux qu'ils avaient conquis. Je reste loyal à notre cause, mais je ne me sens pas vraiment glorieux, dois-je avouer. M. Cook dit qu'on a qualifié l'attitude des Français de juste et généreuse, conformément au code militaire. Leurs soldats seront déportés, ainsi que certains prisonniers. Les civils devront prêter le serment d'allégeance à notre roi George. Mais ils pourront continuer de pratiquer leur religion, cultiver leurs terres et vivre comme auparavant.

Je me demande comment ils vont faire, comment nous allons tous faire. Les pertes ont été importantes des deux côtés, me semble-t-il, et je crois que la paix ne sera pas vraiment assurée avant longtemps. Néanmoins, des deux côtés, les hommes étaient prêts à payer ce prix...

Je me suis demandé comment finir cette phrase et j'ai même pensé à la raturer. Puis j'ai écrit la seule chose qui me venait à l'esprit.

Hourra, général Wolfe! Hourra, général Montcalm!

Si jamais l'un de nous a pu croire que la victoire

mettrait fin à nos dures corvées, il se trompait royalement. Vingt-cinq prisonniers anglais, tous déserteurs, ont été amenés à bord. Ils allaient être jugés et exécutés en Angleterre, car il n'y avait aucune pitié envers les déserteurs. Nous avons continué à débarquer des approvisionnements et à descendre l'artillerie française de la haute à la basse ville. Il y a eu aussi la tâche titanesque consistant à rembarquer sur nos navires les deux canons de calibre 24 qui avaient passé les dernières semaines à Lévis. De plus, on a embarqué près de 700 livres de viande de bœuf fraîche à bord du *Pembroke*. Ce faisant, nous regardions quatre transports de troupes mettre les voiles vers la France, avec la garnison française à leur bord. Toutes ces opérations nous ont occupés pendant plusieurs jours.

Le 23 septembre, notre tablée a eu une journée de permission à terre. Nous étions très excités d'enfiler des vêtements propres et de nous tresser les cheveux les uns les autres, avant de partir à la découverte de Québec. Tous, sauf moi. J'avais déjà bien assez vu Québec! Mais je voulais revoir Vairon. M. Fidèle et Vairon étaient sûrement encore en vie.

— Allons, William! a dit Tom. Après avoir travaillé dur, il faut savoir s'amuser. Tous les matelots te le diront!

— Tous, du premier jusqu'au dernier, a dit

Gueule-Rose. Et tu connais déjà la ville. À toi de nous la faire visiter!

— Demandez à Ben, ai-je répliqué. Il y était, lui aussi.

— Mais William, Ben n'a pas vu le général Wolfe tomber, a dit Davy. Je dois absolument voir cet endroit si je veux pouvoir raconter un jour à mes petits-enfants ce moment glorieux.

J'ai trouvé que c'était une bonne idée. Mais, maintenant, je me demande si Davy va le raconter à ses petits-enfants. Nous n'avons trouvé là rien de glorieux. Pire encore, en voyant l'endroit où Wolfe avait trouvé la mort, nous avons ressenti une immense tristesse. Les morts étaient enterrés, mais les corneilles hantaient encore les lieux. Quant à la ville, elle n'était plus que l'ombre d'elle-même. L'évêché, la cathédrale, le couvent : tout n'était plus que ruines. Des centaines de maisons avaient brûlé, et les murs de celles qui restaient debout étaient éventrés et laissaient voir l'intérieur. Les rues étaient plus que jamais encombrées de débris et la chaussée était trouée d'énormes cratères. Mais cela n'empêchait pas les bandes de soldats de se livrer au pillage des lieux. Davy avait le moral de plus en plus bas, et je n'allais pas mieux.

Finalement, Tom a dit :

— Je parie qu'il ne reste plus une seule taverne

ouverte, avec toute cette désolation. Ce serait vraiment trop demander!

— Peut-être que si, ai-je rétorqué.

Et c'est ainsi que nous nous sommes retrouvés devant les écuries de M. Fidèle. La porte était fermée et les volets aussi. J'ai frappé. Rien. J'ai martelé la porte de mes poings. Toujours rien.

— Quel est ce bruit horrible? a demandé Davy.

C'était le hurdy-gurdy de M. Fidèle, qui en jouait derrière le bâtiment et en faisait sortir comme un long gémissement.

— Êtes-vous ici pour faire la fête? nous a-t-il lancé. Si c'est le cas, passez votre chemin. J'ai prêté le serment d'allégeance envers votre roi, comme il se devait. Que saint Gentien et le Bon Dieu daignent bien me pardonner!

— Pas du tout, ai-je répondu. Nous sommes venus seulement pour ta bière d'épinette. Et j'espérais avoir des nouvelles de Vairon.

M. Fidèle n'a rien dit. Il nous a simplement fait entrer. Il tenait son hurdy-gurdy dans ses bras, comme un petit enfant. Après avoir versé de sa bière dans des tasses, il s'est laissé tomber sur un banc et m'a annoncé que Vairon était mort.

— Non! me suis-je exclamé, comme si en criant fort, je pouvais empêcher que ce soit vrai.

Puis j'ai senti mon ventre se serrer.

— Vous en êtes… sûr? ai-je ajouté.

M. Fidèle m'a fait signe que oui.

— Je n'ai pas vu son corps, a-t-il dit. Mais d'autres oui, et c'était lui sans l'ombre d'un doute, car il portait au cou sa croix en os. Mais je ne peux pas te dire où exactement se trouve sa tombe. Il y en a trop qui ont été enterrés par là. (M. Fidèle a alors poussé un long soupir.) Vairon était un bon gars, mais un piètre menteur. Il me disait toujours que ma bière était très bonne. Tout le monde sait que c'est faux.

Le cœur en peine, j'ai levé ma tasse et j'ai dit :

— À Vairon, mon brave et fidèle ami!

C'était une sinistre journée. Néanmoins, elle s'est terminée sur une petite lueur d'espoir. La surprise nous attendait quand nous avons retraversé à la pointe de Lévis, où nous avons trouvé Ti-Poil, pâle et affaibli, sous la tente d'un hôpital de campagne. Mais il était en vie, et le voir sourire nous a été d'un grand réconfort.

— Ils m'ont coupé la jambe à partir du genou comme vous le voyez, nous a-t-il dit.

Aucun de nous n'a voulu regarder de près, sauf Davy.

— Ta jambe doit te manquer terriblement, Ti-Poil, a dit Davy.

— Pas tant que ça, a répliqué Ti-Poil.

— Mais tu ne pourras plus travailler comme

gabier, a dit Davy.

Ti-Poil s'est contenté de rire.

— Par contre, il pourra devenir cuisinier et le sera *probablement*, a expliqué Tom. C'est une position enviable qu'on donne souvent aux matelots blessés. Un homme avec une jambe amputée peut difficilement trouver meilleure place.

De retour à bord du *Pembroke*, toutes sortes de rumeurs couraient. La flotte allait bientôt quitter Québec, ce n'était qu'une question de temps. Notre navire, comme tous les autres, avait cédé ses munitions à l'armée de terre. Ce serait à elle d'assurer notre position à Québec, maintenant que la marine avait fait sa part. Nous rallierions l'Angleterre, Boston ou Halifax, selon ce que le vice-amiral Saunders allait décider pour chacun. M. Cook avait quitté le *Pembroke*! Saunders l'avait fait nommer premier maître d'équipage sur le navire de Lord Colville, le *Northumberland*. M. Cook semblait être devenu une étoile montante de la Marine royale.

— Boston! s'est exclamé Ben.

Il était de très bonne humeur, car il avait reçu des nouvelles de son fils qui, apparemment, avait repris connaissance.

— J'ai entendu dire que ceux de la Nouvelle-Angleterre, comme moi, seraient de retour chez eux à la fin du mois. Même si ce n'est qu'une rumeur, ça fait chaud au cœur. Quel bonheur ce sera de revoir mon petit garçon!

Un jour, Ben m'avait dit que pour comprendre à quel point sa famille s'ennuyait de lui, il suffisait de plonger une main dans un seau d'eau, puis la retirer. Le changement de niveau d'eau quand tu retirais la main représentait le vide laissé par son absence.

M. Cook *a laissé* un grand vide, effectivement. J'aurais tant voulu pouvoir lui faire mes adieux et le remercier. Le nouveau premier maître d'équipage, M. Cleader, est quelqu'un de bien peu intéressant, par comparaison.

Ensuite, je n'y ai plus repensé, car durant les jours suivants, qui nous rapprochaient de la fin du mois, l'équipage du *Pembroke* a sans cesse fait la navette entre nos navires et l'anse au Foulon. Chaque pièce d'équipement, chaque parcelle de nourriture dont nous pouvions nous passer était acheminée à l'armée de terre. L'hiver à Québec serait long et dur, et je n'enviais pas du tout ceux qui auraient à l'endurer. Au moins, la monotonie de ces transports m'empêchait de penser. Mes pensées n'auraient pas été des plus joyeuses.

Chapitre 11
1er octobre 1759

Le premier jour d'octobre, Ben Fence et les autres Yankees qui étaient encore avec nous ont reçu l'ordre d'embarquer sur un transport de troupes qui s'en allait à Boston. Je crois que, pour la première fois, j'ai vu Ben vraiment heureux. Il n'avait jamais été très populaire parmi nos hommes, mais c'était quand même notre camarade de tablée. Nous nous sommes donc rassemblés sur le pont pour lui faire nos adieux. Il a serré la main à Davy, à Tom et à Gueule-Rose. Puis il est arrivé à moi. J'avais la main tendue, mais il ne l'a pas prise. Je n'ai pas été trop surpris. Puis il s'est avancé d'un pas et m'a serré dans ses bras. Ça, c'était *toute* une surprise!

— J'ai une sacrée dette envers toi. Jenkins! a-t-il dit. Sans toi…

Il n'a pas pu finir sa phrase.

— Sans William, tu aurais pu rester à Québec et te marier avec une de ces Françaises? a suggéré Davy.

Nous avons tous hurlé de rire, y compris Ben.

Ben Fence Le Bostonien est donc parti. Moins de deux semaines plus tard, nous nous préparions à en faire autant. Le *Porcupine* et le *Racehorse* sont restés à l'ancre, dans le bassin. Ils allaient hiverner à Québec et y soutenir l'armée de terre. Le reste de la flotte s'apprêtait à descendre le fleuve. Certains iraient en Angleterre. Mais le *Pembroke* avec à son bord son commandant, Lord Colville, retournerait à Halifax. Quatre autres vaisseaux de guerre, trois frégates et plusieurs sloops l'accompagneraient et y passeraient l'hiver.

— Ce ne sera pas très compliqué, ai-je dit à Ti-Poil. Il suffira de descendre le fleuve vers la mer.

Ti-Poil était de retour à bord du *Pembroke* et se déplaçait sur les ponts avec une béquille de fortune. Comme Tom l'avait prévu, il était maintenant aide-cuisinier et heureux comme un coq en pâte.

— Rien n'est aussi simple qu'il n'y paraît, a rétorqué Ti-Poil.

Il ne se trompait pas. Le voyage a commencé plutôt bien. La veille du départ, durant la nuit, il avait eu une forte gelée, mais la journée s'annonçait belle. Tandis que nous levions l'ancre, le vice-amiral Saunders a salué la garnison avec une salve de 21 coups de canon. En réponse, la garnison a fait de même. Des centaines de personnes – des civils et des militaires – massées en haut des remparts de la Haute-Ville et le long des quais de la Basse-Ville, étaient venues assister au spectacle. Sur tous les navires, les pavillons flottaient en berne, à mi-mâts, en l'honneur du général Wolfe. Sa dépouille embaumée reposait maintenant dans un cercueil à bord du *Royal William*. Il rentrait chez lui. Mes pensées sont brièvement retournées à Vairon, mais j'ai préféré chasser ces souvenirs. Ce n'était pas le moment de m'apitoyer. Tout mon temps devait être consacré aux manœuvres du navire.

Il est vite devenu apparent que, malgré tous nos coups de sonde et toutes les balises posées, la navigation sur le fleuve restait difficile. Nous avions pu conquérir Québec, mais nous n'avions pas maîtrisé le Saint-Laurent. Les courants près de l'île aux Coudres étaient extrêmement traîtres. Quelques-uns de nos navires se sont échoués, dont le *Royal William*. Quelqu'un a fait une blague à propos du général Wolfe qui n'aurait pas apprécié la situation, lui qui avait été si incommodé par le mal de mer, à l'aller. Les hommes se sont esclaffés, mais leurs rires me semblaient creux. Un autre navire, le *Terrible*, a dû attacher un canon à la chaîne de ses deux ancres trop légères, afin de ne pas être emporté par le courant. Son équipage a sué sang et eau pour y arriver. Nous avons eu plus de chance, car nous avons réussi à doubler l'île aux Coudres sans problème.

Les jours suivants, nous avons continué à

descendre le fleuve. De chaque côté, le long du rivage, les feuilles des arbres s'étaient parées de rouge et d'orangé. C'était la seule chose agréable à la vue, puisque toutes les fermes et les autres bâtiments étaient en ruines. Une fois, j'ai aperçu un petit garçon qui se tenait au bord de l'eau. Il a fait un bras d'honneur, puis s'est enfui en courant. Je ne pouvais pas l'en blâmer, dois-je avouer.

Quand nous sommes finalement arrivés dans le golfe, nos navires se sont séparés. Notre escadre a changé de cap en direction de Halifax. Les autres ont fait voile vers l'Angleterre.

J'étais perché dans la mâture et j'ai regardé pendant longtemps nos navires rapetisser, puis n'être plus que de minuscules points à l'horizon.

Le 27 octobre, Halifax était en vue. J'ai eu la surprise de voir que la construction du phare en granite était presque terminée, sur l'île Sambro. Il allait aider énormément tous les bateaux naviguant au large des côtes. De loin, j'apercevais l'église des Dissidents et la résidence du gouverneur. Il y avait aussi l'église anglicane et la palissade. Dominant le tout, la citadelle était toujours bien gardée. Tout le long de la rive, des gens nous saluaient de la main en criant. On ne pouvait souhaiter accueil plus chaleureux.

— Content de retrouver Halifax? m'a demandé

Tom.

— Oui, mon cher! ai-je répondu. Tu ne peux pas imaginer!

— Et ce sera encore plus formidable de marcher dans ses rues, s'est-il esclaffé. Comme tu le sais déjà, nous sommes plusieurs à devoir passer l'hiver ici. Mais nous avons d'abord un peu de travail à faire. Ensuite, nous aurons notre congé.

Puis il m'a souri.

— On m'a dit que tu devais nous quitter au début du mois prochain, Jenkins, a-t-il poursuivi. Et ce sera la fin de ta vie en mer!

Le « peu de travail » de Tom était en fait une tâche gigantesque. Il fallait préparer le *Pembroke* et les autres navires pour la saison d'hiver, et c'est ce que nous avons fait et cela a pris beaucoup de temps. Sous les ordres du premier maître et du maître Thompson, nous avons décroché les énormes voiles et les avons pliées. Le voilier et ses aides allaient passer l'hiver à les réparer. Les vergues et les mâts de hune et de perroquet ont été démontés et déposés sur le pont, ainsi que tout le gréement courant servant à manœuvrer les voiles. Nous avons enroulé l'énorme quantité de cordages et avons tout descendu sur le pont, avec les voiles. Puis il a fallu graisser tout le gréement – une tâche des plus salissantes – afin d'empêcher le froid de le détériorer. À qui est revenue cette corvée? À moi et quelques autres malchanceux! Nous avons calfeutré les sabords afin d'empêcher l'air froid de pénétrer dans l'entrepont. Des petits poêles ont été apportés à bord, et nous les avons installés avec toutes les précautions nécessaires, car on ne voulait surtout pas que le navire prenne feu.

Quand un premier de nos canots a pu se rendre à terre, j'ai envoyé un message à M. Bushell pour lui faire savoir que j'allais bien, que j'allais recevoir mon congé le 3 novembre et que nous pourrions peut-être nous rencontrer chez Mme Walker. En attendant, je me contentais de contempler la ville de loin. Au chantier naval encore inachevé, des petits navires, des sloops à un seul mât, faisaient nettoyer leur carène dans un bassin de carénage construit pour cet usage. Quand la marée était basse, le navire reposait sur le sable et s'inclinait jusqu'à s'appuyer contre le quai. Puis les marins grattaient les algues et les balanes qui se fixaient toujours aux coques des navires. Quand la marée remontait, le navire se remettait à flotter et pouvait repartir. Étonnant à voir!

Par la suite, le 3 novembre tôt le matin, M. Wise m'a signifié mon congé du *Pembroke*. Ce soir-là, il a rayé mon nom du rôle d'équipage, en le faisant suivre d'un D majuscule, pour *discharged* (libéré). D'autres noms étaient suivis des lettres DD, pour *discharged dead* (libéré et mort). Il m'a donné ma solde de 40 shillings, et c'était terminé.

Avec Louis XV sous un bras et mon baluchon contenant mes maigres possessions dans l'autre, j'ai quitté l'entrepont et suis monté sur le pont pour la dernière fois. Au loin, on apercevait le *Mary*, un navire de transport de troupes, qui dérivait autour de son ancre. À bord se trouvaient 150 Acadiens qui s'étaient cachés dans la forêt. Ils allaient bientôt être envoyés en Angleterre. *Pauvres malheureux*, me suis-je dit. Et mes pensées se sont tournées vers mes souvenirs de Vairon.

— Ne nous oublie pas! m'a dit Davy.

— Ce ne sera pas facile pour une petite tête comme la sienne! a dit Ti-Poil en riant et en me saluant avec sa béquille.

— On te reverra chez Mme Walker quand on nous aura enfin libérés de cet esclavage, a dit Gueule-Rose.

— On ferait mieux de se grouiller, a dit Tom. Regarde les goélands. Tu as vu comme ils volent haut? On dirait qu'on va avoir du gros temps.

Mais le port restait calme, et le ciel était de la couleur du plomb. Le canot glissait sur l'eau calme que seuls les coups de rames ridaient. Pas le moindre souffle de vent! Je me suis retourné et j'ai salué de la main, mais mes camarades étaient déjà redescendus dans l'entrepont.

Une fois à terre, le moral plutôt bas, j'ai emprunté la rue Water. Louis XV courait devant moi, totalement insouciant. De le voir ainsi et de sentir l'argent dans mes poches m'a remonté le moral. Halifax ne semblait pas avoir changé, mais les apparences sont trompeuses. Il y avait encore de la boue. Les bâtiments construits de pièces de bois équarries étaient toujours là. L'auberge Pontac était toujours aussi imposante, ainsi que la résidence du gouverneur. Comme d'habitude, des durs à cuire se tenaient sur les seuils des portes tandis que des chevaux tiraient des chariots chargés de barriques et de piles de sacs remplis de denrées. Des chiens les suivaient ou pourchassaient les chats entre les jambes des passants. Visiblement, Louis XV avait une folle envie d'aller les rejoindre. Il n'avait plus vu ni chats ni chiens depuis très longtemps. Mais la discipline de la marine a eu le dessus, et il n'y est pas allé.

Quand je suis arrivé chez Mme Walker, elle m'a serré dans ses bras à m'en faire étouffer. On a envoyé avertir M. Bushell que j'étais arrivé. Comme c'était samedi soir, sa boutique était fermée et il est vite arrivé. Nos retrouvailles ont été des plus joyeuses, et de parfaits étrangers y ont participé.

Il m'a semblé que même la bière d'épinette de Mme Walker avait très bon goût!

— Lis-nous des passages de ton journal, mon garçon, a dit M. Bushell.

Je me suis donc mis à lire, et tout est devenu silencieux. Seule ma voix faisant le récit de mes aventures résonnait dans la salle remplie d'auditeurs aux yeux écarquillés d'émerveillement.

Je lisais depuis seulement une heure quand nous avons entendu un bruit : un grondement de tonnerre.

Nous sommes sortis. Une énorme tempête fonçait sur Halifax. Ses gros nuages noirs et bouillonnants étaient précédés par une ligne de grain. Quand il nous a touché, tous les bateaux du port, du plus petit jusqu'au plus gros, se sont mis à vaciller sous les rafales et à tirer sur leur ancre. Les pavillons et les signaux accrochés aux mâts étaient tendus au maximum et claquaient au vent. On s'agitait sur les quais, pour parer au plus pressé. Plusieurs petits navires, qui avaient leurs voiles dehors au moment où le vent était arrivé, ont gîté violemment, et l'un d'eux a même chaviré. Puis des trombes d'eau se sont mises à tomber, et on ne voyait plus rien sur le port. Nous sommes alors allés nous mettre à l'abri. Comme la tempête était de plus en plus violente, il est vite devenu évident que nous allions passer la nuit chez Mme Walker.

— Ce n'est pas la place qui manque, a dit Mme Walker. Et je vous laisse mes chambres gratuitement!

Malgré tout, j'ai à peine dormi. L'auberge était secouée par chaque rafale, un vent qui hurlait aussi fort qu'une meute d'une centaine de loups. Louis XV lui-même tremblait, malgré sa longue expérience de chien de la marine! À l'aube, la tempête faisait encore rage. Nous en avons pris notre parti, car nous ne pouvions rien y faire. Mme Walker a fait à manger tout en nous donnant les nouvelles de la ville. Nous avons joué aux cartes et aux dés. On aurait dit qu'on avait remonté dans le temps, mais pas tout à fait. Je pensais à ce qui se passait au même moment, à bord du *Pembroke*.

Il y a eu une seconde nuit de tempête, suivie d'un autre petit matin blême. Puis, aussi soudainement qu'elle avait commencé, la grosse tempête s'est terminée. Le soleil a reparu, et un arc-en-ciel s'est formé. Les gens ont commencé à sortir prudemment de leurs maisons, clignotant des yeux comme des hiboux aveuglés par la lumière du jour. Et à chaque clignement d'œil, ils découvraient une scène inimaginable. Des bateaux étaient échoués sur la grève, la coque défoncée. Plusieurs jetées s'étaient effondrées sous la force des marées de tempête. Les stocks de farine et de sucre entreposés au port étaient presque totalement ruinés, et les femmes secouaient la tête, découragées.

— Finis les bons desserts! s'est exclamée Mme Walker, l'air désolé.

— La marine ne semble pas avoir été ébranlée par cette tempête, a fait remarquer M. Bushell.

Et c'était vrai. Ses navires patrouillaient calmement dans le port, comme si de rien n'était. Mais, pour ce qui était de la boutique de M. Bushell, il en allait autrement. Le plancher avait été inondé, et la moitié des bardeaux de bois de la toiture avaient été arrachés. Heureusement, sa précieuse presse à imprimer avait été épargnée.

Au cours des jours suivants, j'ai aidé M. Bushell à réparer son toit tout en réfléchissant à ce que je voulais faire de ma vie. Plus je plantais des clous, plus je me sentais mécontent. Je crois qu'avoir un pont de navire sous mes pieds me manquait.

— Jenkins, tu n'as pas l'air à ta place, ici, m'a lancé M. Cook, qui venait d'acheter une gazette. Tu es bien plus fait pour être perché dans une mâture que sur un toit!

— Je crois que vous avez raison, Sir, ai-je répondu en redescendant l'échelle.

— Regarde, m'a dit M. Cook. Hier soir, j'ai soupé avec le capitaine Wheelock à bord du *Pembroke*.

Ce paquet y est arrivé pour toi quand les ordres de recrutement ont été distribués.

— Merci, Sir, ai-je dit.

— Jenkins! a-t-il poursuivi. Le *Northumberland*, comme tous nos navires, manque d'hommes d'équipage et il y a toujours de la place pour un nouvel élève officier.

— Moi, un élève officier? me suis-je étonné.

— Tu seras d'abord engagé comme valet du capitaine. Mais ton seul service sera de t'occuper de tes livres. Je vais t'enseigner la navigation. Si tu étudies bien et que tu fais tes preuves auprès de Lord Colville, tu passeras au rang d'élève officier.

— Oui, Sir, ai-je dit. Je vais bien étudier.

— Présente-toi à bord du *Northumberland* quand tu auras terminé ton travail ici. Et n'oublie pas d'emmener ton gentil chien. Un excellent ratier… malgré tout le poil qu'il perd.

— Oui, Sir, ai-je dit. Avec le chien.

Tandis que M. Cook s'éloignait, j'ai ouvert le colis. Dedans, il y avait une lettre écrite en français. Et aussi la longue-vue de mon père! J'ai lu la lettre, et mon sourire, timide au début, s'est élargi.

Mon cher capitaine Rosbif,

Au moment où je t'écris ces lignes, je suis assis à la table de mes parents, à Montréal. Plutôt que de me soumettre à vous, les Anglais, j'ai jugé plus sage de quitter Québec. Je regrette de ne pas avoir pu te faire mes adieux correctement. Et je regrette encore plus que tu aies cru que j'étais mort. Je l'ai appris quand M. Fidèle a écrit à mes parents pour leur annoncer la triste nouvelle. C'est avec le plus grand des plaisirs que je lui ai écrit pour lui annoncer qu'il n'en était rien.

Quant à ta longue-vue, elle était tombée entre les mains d'une des crapules du capitaine Vergor, qui l'avait obtenue d'un Abénaquis. Je l'ai échangée contre ma croix en os. Cette crapule est morte pendant la bataille. Tu comprends maintenant la méprise. Voilà!

Montréal va sûrement capituler au printemps prochain, mais je ne serai plus là pour le voir. Demain, je pars pour l'Ouest. On raconte qu'il y a là-bas d'énormes ours dans les montagnes et d'immenses hordes de bisons qui errent dans les prairies. Et pas d'Anglais! Peut-être souhaiteras-tu voir ces merveilles de tes propres yeux, un de ces jours?

En attendant, adieu mon ami.

Vairon

— Rappelle-moi donc cette vieille devise que vous aviez, m'a lancé M. Cook par-dessus son épaule.

— À l'amitié et à l'aventure! lui ai-je crié.

Et je l'ai entendu éclater de rire tandis qu'il

s'éloignait dans la rue.

Vairon est en vie! me suis-je dit en moi-même, le cœur en fête. Puis j'ai regardé Louis XV.

— Eh bien, mon vieux! lui ai-je dit. On dirait que je vais devoir tailler mon crayon! J'aurai encore bien des chapitres à ajouter au récit de ma vie.

Épilogue

Cet hiver-là, William s'est engagé dans la Marine royale britannique, à bord du *Northumberland*. Une fois de plus, son avenir était lié à celui de James Cook. Au printemps de 1760, quand les Français ont menacé de reprendre Québec, une escadre de navires britanniques, dont le *Northumberland*, est retournée là-bas afin de prêter main-forte à l'armée de terre. Leur mission a été un succès, et la ville de Québec est restée aux mains des Britanniques.

De retour à Halifax en automne, William restait souvent à observer M. Cook en train de dresser des cartes marines du port de Halifax. Cook voyait bien que William était très intéressé par ce travail de relevé et de dessin. Au cours des étés qui ont suivi, William a souvent accompagné M. Cook lorsque celui-ci faisait mettre à l'eau un canot afin d'aller explorer la côte de la Nouvelle-Écosse et d'en dresser des cartes.

Mais en 1762, les Français ont tenté de s'emparer de Terre-Neuve. C'était un territoire très important pour les pêcheries. Le *Northumberland* s'est alors joint à une escadre de navires britanniques qui faisait voile vers St. John's où la flotte française avait jeté l'ancre. À la faveur du brouillard et d'un coup de vent, les navires français ont pris la fuite, et les Britanniques ont facilement repris la place. Un long processus de négociation restait à venir avant d'en arriver à la signature d'un traité. Mais, en fait, la Guerre de Sept Ans venait de se terminer. Puis en octobre, le *Northumberland* a fait voile vers l'Angleterre, et William a laissé sa vie de Halifax derrière lui.

Au cours des années suivantes, William a continué de vivre une vie remplie d'aventures. Quand James Cook a reçu le mandat de dresser une carte des côtes de Terre-Neuve, William l'a accompagné. L'hiver, ils retournaient en Angleterre où Cook travaillait à ses cartes tandis que William étudiait.

Puis William a été promu au rang de second maître d'équipage. Il a alors accompagné le lieutenant Cook, qui lui aussi avait obtenu une promotion, dans ses deux voyages dans l'océan Pacifique. La première fois, en 1768, ils ont navigué à bord du HM *Bark Endeavour*. William et le reste de l'équipage ont alors pu voir la Nouvelle-Zélande, l'Australie, la Nouvelle-Guinée et Java. À l'aide de plaques de verre fumé, ils ont aussi pu observer un événement astronomique rare : le passage de Vénus. Ce phénomène se produit lorsque la planète passe exactement entre la Terre et le Soleil et apparaît sous la forme d'un petit disque noir se déplaçant sur la surface du Soleil.

Lors du second voyage, en 1772, M. Cook a eu de nouveau une promotion et a fait le tour du monde à bord du HMS *Resolution*. À cette occasion, il a traversé trois fois le cercle polaire antarctique et a navigué sous des latitudes méridionales jamais atteintes. Malheureusement, au cours de ce voyage, William est tombé du haut de la mâture pendant une terrible tempête. Trois jours plus tard, quand il a repris connaissance, sa jambe gauche avait été amputée sous le genou par le chirurgien du bord.

Le *Resolution* est revenu à Spithead, en Angleterre, en juillet 1775. William, alors âgé de 31 ans, a décidé de prendre sa retraite de la Marine royale. Au cours de l'été, il a réfléchi à son avenir. Il ne se sentait plus chez lui en Angleterre, et rien de précis ne s'offrait à lui à Halifax, surtout que Mme Walker et M. Bushell étaient morts depuis quelques années. Mais tous deux lui avaient laissé un petit héritage. Considérant cette somme, combinée avec ses propres économies (William avait toujours été très économe), il a décidé de retourner dans ces régions qu'il avait beaucoup aimées.

Cet automne-là, un navire est arrivé à St. John's, à Terre-Neuve. William y a rencontré Sarah O'Brien, une bonne d'origine irlandaise, et l'a épousée. L'été suivant, le jeune couple est parti s'installer au petit port de pêche de Bonavista où William a été engagé pour travailler dans les bureaux de la Mockbeggar Plantation, une entreprise en pêcheries. William et Sarah y ont fondé leur famille.

Un soir de l'automne 1781, William trinquait au pub local, en compagnie de marins. L'un d'eux lisait une vieille copie d'un journal anglais, *The London Gazette.*

— Écoutez ça! a-t-il dit. Le capitaine Cook, le grand explorateur, s'est fait tuer. On se demande dans quel micmac il est allé se mettre!

C'était rigoureusement exact. James Cook était mort à Hawaï deux ans plus tôt, et son corps avait été jeté à la mer. Bouleversé par cette nouvelle, mais offusqué par le commentaire du marin, William n'a pas fini sa bière et est retourné chez lui. Le trajet à pied jusqu'à la maison l'a calmé. Il n'avait pas besoin de se demander ce qui était arrivé à M. Cook. Il n'avait qu'à se rappeler le meilleur conseil que lui avait donné le capitaine, dont les mots l'avaient guidé tout au long de sa vie : « Sans l'honneur, la vie n'a pas de sens. »

William Jenkins repose aujourd'hui quelque part à Bonavista, sur l'île de Terre-Neuve.

Note historique

La Guerre de Sept Ans

La Guerre de Sept Ans, qui opposait les puissances européennes, s'est déroulée sur plusieurs terrains, en Europe, en Inde, dans les Caraïbes et en Amérique du Nord, où le principal enjeu était la possession du Canada. On l'appelle Guerre franco-indienne parce que les Britanniques s'y battaient contre les Français associés aux Iroquois. Au Canada, on l'appelle aussi Guerre de la Conquête. Le Siège de Québec, à l'été 1759, a été un tournant dans ce conflit long et cruel. Officiellement, cette guerre a duré de 1756 à 1763. En réalité, les combats en Amérique du Nord avaient commencé dès 1754. La Bataille des Plaines d'Abraham est une bataille charnière de ce conflit et est bien connue du grand public. Au petit matin du 13 septembre 1759, l'armée du général James Wolfe a remonté le fleuve Saint-Laurent à bord des vaisseaux de la Marine royale britannique. Atteindre les Plaines d'Abraham en grimpant par la falaise était une manœuvre audacieuse, et le général Montcalm ne l'avait pas prévue. Par conséquent, les Britanniques n'ont pas rencontré de véritable opposition.

Montcalm aurait pu refuser d'affronter l'armée britannique. Mais cela aurait été contraire aux règles militaires de l'époque. Ses troupes ont donc quitté leur campement à l'est et ont chargé à fond de train. Elles se sont vite retrouvées désorganisées. L'affrontement, bref et mortel, n'a duré qu'une quinzaine de minutes, même s'il a sans doute semblé durer beaucoup plus longtemps aux yeux de ses participants. Au total, 600 soldats britanniques ont été blessés et 61 sont morts. Selon un officier britannique, les pertes se sont élevées à 1 500 du côté des Français.

Les historiens, ainsi que les romanciers et les spécialistes de la reconstitution d'événements historiques, se demandent depuis longtemps si Montcalm a fait une erreur tactique en décidant d'affronter Wolfe. Quoi qu'il en soit, cette bataille, qui a mis fin au Siège de Québec, a été un moment clé dans l'issue du conflit entre Britanniques et Français.

On prétend souvent que les guerres se jouent avec des généraux dirigeant leurs armées de terre, et c'est sans doute vrai. Néanmoins, la Marine royale a joué un rôle primordial au cours du Siège de Québec. Comme on peut le lire dans ce roman, elle a assuré le transport des troupes ainsi que leur approvisionnement en nourriture et en munitions. Les marins ont hissé les lourds canons jusque sur les Plaines et ils ont tenu à se battre aux côtés des soldats. Les forces navales britanniques n'ont jamais reçu la reconnaissance qu'elles auraient dû avoir pour les exploits accomplis au cours de l'été 1759. Pourtant, sans son soutien, l'armée de terre n'aurait probablement pas réussi à s'emparer de Québec.

Au cours du printemps 1759, la flotte britannique avait été progressivement rassemblée à Louisbourg. Elle comptait 320 vaisseaux, dont 49 navires de combat. Elle a parcouru un trajet de 600 milles nautiques jusqu'à Québec, réputé très difficile à cause des glaces, du brouillard et des eaux dangereuses du Saint-Laurent. Heureusement pour les Britanniques, 17 pilotes français connaissant très bien la navigation sur le fleuve avaient été capturés à Louisbourg l'année précédente. Et ils pouvaient aussi compter sur les cartes maritimes dressées par James Cook. Répartie en trois escadres, la flotte a pu remonter le Saint-Laurent sans difficultés majeures.

Dans le journal de bord du *Pembroke*, on peut lire que le navire a passé presque tout l'été à l'ancre, assez loin en aval de Québec, car il était trop gros pour naviguer sans risques dans des eaux pleines de hauts fonds rocheux ou vaseux et assujetties aux marées. D'autres navires étaient toutefois à l'ancre, plus près de la ville. Trois bombardiers, le *Baltimore*, le *Racehorse* et le *Pelican*, équipés de mortiers, ont ainsi pu bombarder Québec.

Les Britanniques devaient à tout prix placer le plus grand nombre possible de navires en amont de Québec. Là, ils seraient davantage en sécurité, et on pourrait faire débarquer des soldats. La nuit du 18 août, un navire de la flotte, le *Diana*, a tenté la manœuvre, mais s'est échoué. Pendant 12 heures, il a essuyé les tirs des Français. Il a fallu jeter à l'eau la plupart de ses canons afin d'alléger sa charge. Quand il a finalement été remis à flot, on l'a renvoyé directement à Halifax.

Malgré quelques incidents fâcheux de cet ordre, la flotte britannique s'est avérée très utile. Ses bateaux à fond plat, chaloupes, barges et canots, manœuvrés par des marins, ont transporté à terre les soldats qui devaient livrer bataille sur les Plaines d'Abraham. Les marins se sont occupés d'acheminer les munitions jusqu'aux Plaines et d'évacuer les blessés. La Marine royale a fourni tout le rhum et le biscuit de mer consommé par les soldats. Sans cette contribution, le siège aurait été un échec.

Après la bataille des Plaines d'Abraham, le HMS *Northumberland* a passé l'hiver à Halifax. Le 22 avril 1760, il a appareillé avec la flotte britannique, en direction de Québec. Il avait à son bord des copies toutes fraîches des cartes de Cook, récemment imprimées en Angleterre. Moins d'un mois plus tard, il était à l'ancre, en face de la ville.

L'hiver avait été très dur à Québec, et de nombreux marins souffraient encore du scorbut, une maladie causée par le manque de vitamine C. Les Français ont tenté de reprendre la ville. Mais à la fin de l'été, Québec était toujours aux mains des Britanniques. Puis Montréal a capitulé. À l'automne, le *Northumberland* est retourné à Halifax.

James Cook partait souvent en mer à bord d'un des canots du *Northumberland*. Il a pu ainsi dresser des cartes du port de Halifax et d'une partie des côtes de la Nouvelle-Écosse. Puis, en juillet 1762, on a appris que les Français envoyaient des troupes à Terre-Neuve, en vue de détruire les pêcheries britanniques qui y étaient installées. Le 13 septembre, le *Northumberland* et le reste de son escadre ont atteint St. John's. Le vent s'est brusquement levé, et les navires français ont été emportés vers le large. La garnison française s'est rendue quelques jours plus tard. Au mois d'octobre, le *Northumberland* et son escadre ont fait voile vers l'Angleterre. Une fois rapatriés, les marins ont reçu leurs soldes, et on leur a donné leur congé. Mais la destinée de James Cook n'était pas de rester à terre.

La guerre s'est finalement terminée en 1763, avec la signature du traité de Paris. Les Français gardaient Saint-Pierre et Miquelon, deux petites îles au sud de Terre-Neuve. On avait besoin de cartes précises de ces îles, ainsi que des fonds marins autour de Terre-Neuve, où les Français allaient conserver leurs droits de pêche. Au cours des étés de 1763 à 1767, James Cook a été chargé de dresser les cartes maritimes d'une grande partie des côtes de Terre-Neuve. Quelques années plus tard, il allait dresser celle de la baie Nootka, en Colombie-Britannique.

Par la suite, James Cook a dirigé trois expéditions dans le sud du Pacifique. Elles lui ont valu des promotions au rang de lieutenant, puis de capitaine de frégate et, enfin, de capitaine de vaisseau. Il a fait deux fois le tour du monde et dressé des cartes détaillées de l'Australie, de la Nouvelle-Zélande et de nombreuses îles du Pacifique. En 1776, il a été nommé à la Royal Society (un organisme britannique destiné à la promotion des sciences), pour avoir réussi à prévenir avec succès le scorbut au sein de son équipage. Trois ans plus tard, Cook et quatre autres Britanniques ont été tués à la baie de Kealakekua, à Hawaï. Il a été inhumé en mer.

À l'époque de la navigation à voile, les navires étaient faits de bois, de fer et de toile. Ces matériaux étaient périssables, et l'eau de mer, le vent, les combats et l'usure du temps y laissaient leurs marques. Le HMS *Pembroke* n'a pas échappé à ce sort. En 1776, après de nombreuses années de service à livrer des combats, il a été converti en navire d'entreposage.

Puis, en 1793, il a sombré dans l'Atlantique, au large des côtes canadiennes.

Les vies de Cook, Wolfe et Montcalm, ainsi que celles de tous les autres personnages historiques mis en scène dans ce livre, sont connues du grand public. Néanmoins, il ne faudrait pas oublier celles des gens ordinaires, comme les fermiers, les simples soldats, les marins et les alliés autochtones. On ne connaît peut-être pas leurs noms, mais ils ont joué un rôle tout aussi essentiel en se battant pour défendre leurs convictions. À l'instar de James Cook, qui a cartographié les côtes et les cours d'eau du Canada, ils ont contribué à jeter les bases de la destinée des Canadiens.

La vie des marins au XVIIIe siècle

La Marine royale britannique comptait de nombreux jeunes garçons (on les appelait des mousses) dans ses rangs, âgés de six ans jusqu'à l'âge de la puberté. À bord des plus grands navires, un maître d'école était responsable des jeunes élèves officiers. Quant à ceux qui étaient destinés à devenir de simples matelots, ils étaient formés par des parrains, comme le personnage de Tom Pike dans ce livre. Que l'on soit mousse ou élève officier, la vie en mer représentait souvent un bon choix professionnel pour un garçon de l'époque. En effet, le travail ne manquait jamais et on y mangeait correctement, ce qui n'était pas toujours le cas ailleurs. Plus tard, les postes d'élèves officiers ont été occupés par des fils de grandes familles et, pour obtenir une place, il fallait pouvoir compter sur des relations influentes. Mais à l'époque où se déroule cette histoire, un jeune garçon d'origine modeste pouvait encore se porter candidat.

Les élèves officiers passaient leur temps à étudier les mathématiques, la navigation et le matelotage. Ils ne portaient pas d'uniforme particulier, mais devaient s'habiller correctement et à leurs frais. Les officiers, ainsi que les marins chevronnés, étaient responsables de leur formation. On attendait des élèves officiers qu'ils traitent leurs supérieurs avec respect. Ce n'était peut-être pas une vie d'aventure, mais tout aspirant devait acquérir ces connaissances s'il voulait un jour devenir officier.

À bord des navires de combat, on embarquait des animaux de ferme, ainsi que des chiens et des chats. Ces derniers avaient pour rôle de chasser les rats qui pouvaient causer de lourds dommages à bord. Un capitaine de l'époque a rapporté que son navire prenait l'eau de partout et qu'il craignait que ce soit à cause des rats qui, une fois de plus, en avaient rongé la coque. À l'occasion, on y rencontrait aussi des perroquets et des singes, qui servaient d'animaux de compagnie. On a rapporté que des tigres, un ours et même un éléphant ont ainsi été emmenés en Angleterre, pour leur intérêt scientifique.

Chronologie
Rôle joué par la Marine royale britannique au cours du Siège de Québec

5 mai 1759 : La flotte britannique, comprenant 13 navires, quitte Halifax en direction de Québec.

15 mai : Mort du capitaine Simcoe.

17 mai : La dépouille de Simcoe est jetée à la mer, au large de l'île d'Anticosti, dans le golfe du Saint-Laurent.

27 mai : Le capitaine John Wheelock prend le commandement du *Pembroke*.

28 mai : La plupart des navires de la flotte sont à l'ancre, au large de l'île aux Coudres.

8 juin : Le *Pembroke*, le *Devonshire*, le *Centurion*, le *Squirrel* ainsi que quelques navires de transport de troupes partent en éclaireurs et poursuivent leur course sur le Saint-Laurent, dont ils sondent les fonds.

10 juin : Un plan de la Traverse est dressé ce qui permet au reste de la flotte de remonter le fleuve.

18 juin : Le *Pembroke* jette l'ancre à l'extrémité est de l'île d'Orléans, en aval de Québec. À l'aide des canots du *Pembroke*, des soldats débarquent sur l'île.

27 juin : Le *Pembroke*, ainsi que d'autres navires jettent l'ancre à l'extrémité ouest de l'île d'Orléans, en vue de Québec.

28 juin : Les Français lancent sept brûlots sur le fleuve. Les Britanniques réussissent à les touer.

1er juillet : Le *Pembroke* participe au débarquement de soldats à la pointe de Lévis.

18 juillet : Des navires britanniques passent devant Québec et continuent de remonter le fleuve.

31 juillet : La flotte britannique peut observer de loin les feux de la Bataille de Montmorency.

12 septembre (la nuit) : Les soldats britanniques débarquent à l'anse au Foulon.

13 septembre : La Bataille des Plaines d'Abraham a lieu.

18 septembre : La ville de Québec capitule.

Bâtiments de la flotte de 13 navires de la Marine royale ayant quitté Halifax et faisant voile vers Québec, le 5 mai 1759.

Le général James Wolfe (en haut) commandait l'armée de terre britannique. Le vice-amiral Durrell commandait la flotte qui assiégeait Québec. Les troupes qui défendaient Québec avaient à leur tête le marquis de Montcalm (en bas), général de l'armée française.

Les soldats français et la milice canadienne ont envoyé des brûlots sur le Saint-Laurent, afin d'incendier la flotte britannique. Par la suite, le général Wolfe aurait fait savoir à Montcalm, par courrier que « s'il envoyait d'autres brûlots, ils seraient aussitôt dirigés vers les deux navires de transport où étaient détenus les prisonniers canadiens, qui périraient ainsi à cause de leur vil stratagème ».

James Cook, premier maître d'équipage à bord du Pembroke, *a dressé les cartes maritimes de certaines portions du Saint-Laurent où la navigation était particulièrement difficile et a ainsi évité aux navires de guerre britanniques de s'échouer avant d'atteindre Québec. Dans le journal de bord, à l'entrée du 13 septembre 1759, on peut lire, entre autres, ce qui suit :* « Avec nos canons de la pointe des Pères, avons infligé à la ville un tir incessant durant toute la nuit. Lendemain matin 8:00 h, signal fut donné par le vice-amiral, ordonnant à tous les navires, transporteurs de troupes et autres, de se rendre à la pointe Lévy (…) À 10:00, sous le commandement du général Wolfe, avons attaqué les Français, commandés par le général Montcalm, sur les plaines d'Abraham, près de Québec, et les avons écrasés (…) » (*Dans un journal de bord, l'habitude était d'écrire à la 1re personne du pluriel (nous) et de raccourcir le texte en supprimant ce pronom sujet. Cette façon d'écrire, encore en usage aujourd'hui, est communément appelée* « style télégraphique ».)

Les troupes britanniques, à l'aide de petites embarcations, ont débarqué à l'anse au Foulon. Puis les marins, en empruntant un petit chemin, ont hissé les canons jusqu'aux Plaines d'Abraham où ils ont affronté les

Troupes britanniques rassemblées sur les Plaines, avant la bataille.

À gauche, soldat français portant l'uniforme des troupes de la marine. À droite, soldat britannique du 58ᵉ régiment d'infanterie, vêtu de l'uniforme traditionnel.

Comme on peut le voir sur cette peinture célèbre dans une mise en scène très romancée, le général Wolfe a été mortellement blessé lors de la bataille des Plaines.

La flotte de la Marine royale, toutes voiles dehors, était impressionnante à voir. Commandée ici par Lord Howe, elle quitte Spithead, en Angleterre, en direction des côtes de la France, à la fin du XVIIIe siècle.

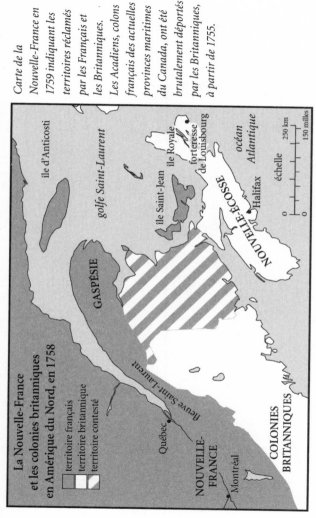

Carte de la Nouvelle-France en 1759 indiquant les territoires réclamés par les Français et les Britanniques.
Les Acadiens, colons français des actuelles provinces maritimes du Canada, ont été brutalement déportés par les Britanniques, à partir de 1755.

La Nouvelle-France et les colonies britanniques en Amérique du Nord, en 1758

territoire français
territoire britannique
territoire contesté

NOUVELLE-FRANCE

COLONIES BRITANNIQUES

Montréal
Québec

fleuve Saint-Laurent

GASPÉSIE

golfe Saint-Laurent

île d'Anticosti

île Saint-Jean

île Royale
forteresse de Louisbourg

NOUVELLE-ÉCOSSE
Halifax

océan Atlantique

échelle

250 km
150 milles

0
0

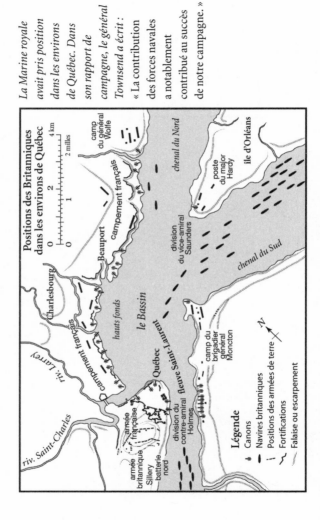

La Marine royale avait pris position dans les environs de Québec. Dans son rapport de campagne, le général Townsend a écrit : « La contribution des forces navales a notablement contribué au succès de notre campagne. »

Positions des Britanniques dans les environs de Québec

camp du général Wolfe

Campement français

Beauport

chenal du Nord

île d'Orléans

poste du major Hardy

division du vice-amiral Saunders

chenal du Sud

Charlesbourg

campement français

hauts fonds

le Bassin

riv. Lairet

riv. Saint-Charles

Québec

fleuve Saint-Laurent

armée française

armée britannique

Sillery

batterie nord

division du contre-amiral Holmes

camp du brigadier général Moncton

N

Légende

Canons

Navires britanniques

Positions des armées de terre

Fortifications

Falaise ou escarpement

0 1 2 4 km

0 2 milles

Crédits photographiques

Couverture, portrait : Détail de *Portrait du jeune Ingres (1780-1867)*, Jacques Louis David, Getty Images, BAT : 79758587.

Couverture, scène de combat : Détail de *Brûlots français à l'assaut de la flotte britannique, en vue de Québec*, © Musée national de la marine, Greenwich, Londres, BHC0419.

Page 170 : *Vue de l'île Percée, rocher remarquable du golfe du Saint-Laurent*, Hervey Smyth (peintre), Pierre-Charles Canot (graveur), Bibliothèque et Archives Canada, n° d'accès 1997-2-2, Collections Canada, C-000784.

Page 171 (en haut) : *James Wolfe*, Joseph Highmore, BAC, n° d'acc. 1995-134-1, Collections Canada, C-003916.

Page 171 (en bas) : *Louis-Joseph, marquis de Montcalm, 1712-1759*, Antoine-Marceau, BAC, n° d'acc. 1970-188-295, collection d'art canadien W. H. Coverdale, Collections Canada, C-014342.

Page 172 : *Mise en échec des brûlots français lancés à l'attaque de la flotte britannique au mouillage devant la ville de Québec, 28 juin 1759*, BAC, n° d'acc. 1991-19-1, Collections Canada, C-004291.

Page 173 : *Le capitaine James Cook*, gravure; copyright © North Wind/Archives iconographiques North Wind, tous droits réservés; PEXP3A-00113.

Page 174 : *Vue de la prise de Québec, 13 sept. 1759*, BAC, n° d'acc. R9266-2012, collection d'art canadien Peter Winkworth, MIKAN n° 3019077.

Page 175 : *L'armée britannique se rassemble sur les Plaines d'Abraham avant de s'emparer de Québec, 1759*; colorisation à la main, en demi-teintes, d'une illustration de Frederic Remington; copyright © North Wind/Archives iconographiques North Wind, tous droits réservés; EVNT2A-00250.

Page 176 (gauche et droite) : *Soldat, troupe de la marine, 1759*, E. Leliepvre © Parcs Canada; *Soldat, 58th Foot, 1759*, G.A. Embleton © Parcs Canada.

Page 177 : *La mort du général Wolfe lors de la bataille de Québec, 1759*, gravure; copyright © North Wind/Archives iconographiques North Wind, tous droits réservés; EVNT3A-00326.

Page 178 : *La flotte britannique commandée par Lord Howe, au départ de Spithead, s'en allant combattre sur les côtes françaises, fin du XVIIIᵉ siècle*; copyright © North Wind/Archives iconographiques North Wind, tous droits réservés; EVRV2A-00081.

Pages 179 et 180 : Cartes de Paul Heersink/Paperglyphs.

L'éditeur tient à remercier Janice Weaver, pour avoir minutieusement vérifié les faits historiques, et Andrew Gallup, pour nous avoir fait partager son vaste savoir concernant la Guerre de Sept Ans.

À propos de l'auteure

La famille de Maxine Trottier s'est installée au Canada au temps des Filles du Roi. Ses ancêtres ont participé à la colonisation de la région de Détroit au XVIIIᵉ siècle.

Elle s'intéresse depuis toujours à l'histoire et a longtemps fait partie d'un groupe d'acteurs de reconstitution de la Guerre de la Conquête, appelé « Le Détachement ». Ce groupe a personnifié les membres de la milice canadienne et leurs épouses sur des sites historiques tels que la forteresse de Louisbourg, le fort Niagara et le fort Nécessité. Maxine se sent très à l'aise dans sa « peau » du XVIIIᵉ siècle.

En préparant le présent roman, le rôle qu'a joué le personnage de James Cook au cours de la Guerre de Sept Ans dans cette partie du monde appelée aujourd'hui le Canada l'a beaucoup fascinée. Maxine vit actuellement à Terre-Neuve, dont James Cook a cartographié les côtes il y a deux siècles et demi. Souvent, elle navigue avec son mari dans ces mêmes eaux, allant d'anse en anse et retrouvant les noms qu'il leur a donnés.

Maxine a toujours été très intéressée par la mer et

ses traditions. Pendant deux étés de suite, elle a été membre de l'équipage du HMS *Tecumseh*, durant trois semaines. Ses tâches étaient très semblables à celles de William Jenkins sur le *Pembroke*. Elle assure qu'elle avait aussi peur que lui, la première fois qu'elle est montée dans la mâture, mais qu'elle y est arrivée. L'expérience a été très excitante, et elle s'en rappellera toute sa vie.

Maxine est l'auteure de trois volumes de la collection Cher Journal : *Seule au Nouveau-Monde* (en nomination pour les prix Red Cedar, Red Maple et Silver Birch), *Mon pays à feu et à sang* (mention d'honneur, prix Geoffrey Bilson catégorie roman historique) et *Du sang sur nos terres*.

Maxine est également l'auteure des ouvrages *Les vacances de Claire* (prix du livre M. Christie), *Le courage de Terry Fox* et de nombreux autres livres jeunesse.

* * *

Les personnages historiques mentionnés dans ce livre sont : le gouverneur général Vaudreuil, le capitaine Louis Vergor, le capitaine William Gordon du HMS *Devonshire*, le marchand Joshua Mauger, John et Elizabeth Bushell, James Cook, premier maître d'équipage, M. Richard Wise, écrivain du bord, John Robson, second lieutenant, le capitaine John Simcoe, le capitaine John Wheelock, William

Thompson, maître d'équipage, le vice-amiral Saunders, James Jackson, chirurgien du bord, le contre-amiral Durell, Joseph Jones, non marin, le général James Wolfe, George John, chirurgien du bord sur le *Prince of Orange*, Bob Carty, matelot à bord du *Pembroke*, le marquis de Montcalm, l'intendant Bigot, le lieutenant-capitaine Yorke, Mme Job, le général Townsend, qui a remplacé Wolfe et, enfin, John Cleader, premier maître d'équipage, qui a remplacé Cook à bord du *Pembroke*.

Dans la même collection

De fer et de sang
La construction du chemin de fer canadien
Lee Heen-gwon
Colombie-Britannique, 1882
Paul Lee

Derrière les lignes ennemies
Deuxième Guerre mondiale
Sam Frederiksen
L'Europe sous la domination nazie, 1944
Carol Matas

Fusillé à l'aube
Première Guerre mondiale
Allan McBride
France, 1917
John Wilson

Prisonnier à Dieppe
Deuxième Guerre mondiale
Alistair Morrison
La France sous l'Occupation, 1942
Hugh Brewster

Voyage mortel
RMS *Titanic*
Jamie Laidlaw
La traversée de l'Atlantique, 1912
Hugh Brewster